おいしい命

阿刀田高傑作短編集

阿刀田　高

集英社文庫

おいしい命　目次

おいしい命

Black Humor & Man and Woman

赤道奇談

だれにでも話せることじゃないわ。へんな噂を立てられたら不愉快でしょ。尾鰭をつけられて……。

あなたにだけ、お話しするのよ。どんな感想かしらって。

もちろん昔話よ。でも、そんなに古くはない。十年ひと昔って言うから……やっぱり昔話のうちよね。

亡くなった主人のこと、少しはご存じでしょ？　ご紹介できなかったけど……残念ね。そのうちにと思っているうちに主人は死んじゃうし、あなたは海外からなかなか帰らないし。

二十六歳も年上。彼は二度目の結婚よ。ややこしい係累がだれもいないって言うから、

——なら、いいかしら——

それが一番のきめ手だったわ、なんて……。

私も四十過ぎまで独りで勝手なことやってて、少し疲れていたし、

――これからどうしようかしら――

弱気になっていたのかしら。生活のことなんかも少しは考えていたわね。プロポーズを受けたときは、彼、年のわりには若く見えたの。

――わりとすてきなジェントルマンね――

贔屓目で見られたんだけど、一緒に生活してみたら、やっぱり、お爺さんよ。ずいぶん張り切ってたけど、肌にはしみがあるし、毎朝薬を飲んでるし。

――この人が私の人生のわけ前なの――

考え込んだときもあったわ。

でも、私だってそれなりには尽したわ。結婚して一年半、あんなに早く亡くなるとは思っていなかった。いい人だったし、彼も幸福な最期だったんじゃないのかしら。苦しむこともなく……そう、なによりも子孫を残せたんだし。

うふふふ、のろけじゃないわよ、今さら。

お話ししたいのはネ、一緒に船旅をしたの。豪華船に乗って。年輩者にはいい遊びよね、あれは。ほとんどのお客が、一生懸命に働いて、成功して、今は悠々自適の生活っていうタイプ。若い奥さんなんか連れてると、うらやましがられてたみたい……。

うちの主人は、まちがいなく善良な人。目はしのきく、鋭いタイプじゃなかった。ずーっと銀行家だったんだけど、

——よくこんな人柄で金貸し業がやれたわねえ——

ってところがあったわ。いい時代を通り抜けたんでしょうけど、銀行家のくせに計算がまるで駄目なの。「小学校のときから算数はにが手だった」なんて、それでよく銀行になんか勤めたわよね。数にはホント弱かったわ。

でも彼に言わせると、

「そういうことは、ほかの人がやってくれる」

「じゃあ、あなたはなにをするの？」

「大切な決定をする」

「へえー？」

右へ行くべきか、左へ行くべきか、悩むことがあるでしょ。私、銀行のお仕事なんかなんにも知らないけど、そういうことなら見当くらいつくわ。融資をしたほうがいいのか、しないほうがいいのか、このお客を信じていいのか、わるいのか、ビジネスって、みんなそういうことが大切でしょ。

「それさえまちがわなければ銭金のことは後からついてくる」

なんですって。

まあ、そうでしょうね。

「こつがあるの？」

「最後は勘だな」

「勘？」

「あれこれ考えながら眠りにつくだろ。夢を見るんだ。赤い線が見える」

「赤い線？」

「ああ。原っぱを行くと、草の中に赤い線が引いてある。角を曲がると路面に赤いペンキの線が引いてある。越えちゃいかん、とな」

「越えないわけね」

「そうだ。目をさまして、現下の問題を考えると〝うん、越えちゃいかんのか〟と、おのずと答がわかる」

「本当に？」

「本当だ。だいたいそれでやってきた」

　彼自身笑っていたから、どこまで本気だったのかしら。疑わしいところもあったけど、でも結構信じてるところもあったみたいよ。結果はすべてオーケーだったみたい。たいして有能な人とは思えなかったけど、お仲間たちの話を聞くと、

「田村さんは、いつも正しい決断をした」

「困ったときの、田村さん頼みって、そういう言葉まであったんですよ」

「予測はいつも正確だったね、彼は」

ほめ言葉ばっかり。充分に偉い役職について最後は名誉顧問なんて、月給だけもらうポストでしょ。夢占いも馬鹿にならないわ。

えっ？　あなた、信じるの？

まあ、そうよね。おみくじとか、トランプ占いとかは、ただの偶然でしょうけど、夢ってのは、それまでにいろいろ思案を積み重ねてきて、最後に隠れた判断を覗（のぞ）かせるようなところがあるから、意外に正しいのかもしれないわね。確率的に正しい夢を見る人がいても、全然へんじゃないわ。

とにかく、うちの主人はそういう人だったの。金融業の第一線で、切った張ったの商売を続けてきたわりには、まるでお人よし、万事面倒なところがなくて、お金だけは持っていたわ。愛すべき老人よ、本当に。

「船旅に行こう」

主人には永年の夢だったらしいの。

「いいわよ」

乗ってみてわかったけど、船旅って原則として夫婦で行くものなのね。前の奥さんは病弱だったし、四十そこそこで亡くなったでしょ。彼は船旅に誘われても気が進まなかったみたい。

それで結婚一年目、少し落ち着いたところでヨーロッパへ行こうとしたんだけど、予定していた地中海の旅に不都合が生じて、南太平洋のほうへ変わってしまったの。小さな島を五つくらいまわって、のんびりときれいな海をながめる旅ね。

「ショッピング、できないわね」

「なに、ショッピングなんか、たいていの品物が東京にあるさ」

言えるわね。私も馬鹿な観光客と一緒になってブランドものをあさる趣味はないから、べつに南太平洋でもいいのよ。主人はネ、

「サマセット・モーム、読んだこと、あるか」

「えーと、ないみたい。〈人間の絆〉。映画なら見たと思うけど」

「南太平洋の島を舞台にした短編小説がいくつかある。若いころ英語で読んだ」

なにか思い出があるらしいの。

私も一度豪華船に乗ってみたかったし、ぐあいがよければ、このあと地中海でも北氷洋でも、どこにでも行けると思って、まず手始め、太平洋島めぐりを承知したわけ。

ええ、わるい旅じゃなかったわ。ハプニングがあったりして……最高だったかしら。

船の中って初めのうちは夫婦だけで食事をとっているけれど、二、三日するうちに、なんとなく仲よくなるグループができるの。一緒にディナーを食べたりして……。

私たちも誘われて、ちょっとしたグループに入ったわ。お話のおもしろい人が一人か、二人いて……ううん、私たちのほうは、もっぱら聞き役。主人は寡黙のほうだし、私は駄目、人見知りをするし、船旅は初めてでしょ、やっぱり鯨を見た、とか、オーロラってすてきね、とか、そういう旅の話題が多いのよ。私、地理には弱いし。

そうね。主人のこと、笑えないわ。私めはと言えば、算数も弱いし、地理も弱いの。理系は全部駄目。文系もサマセット・モームを読んでないんだから、たいしたことないか。

えへ。色恋は大丈夫だろうって？

人聞きのわるいこと、言わないでよ。

話を船に戻すわよ。とにかく明日は赤道を越えるということになって……昔は赤道祭とかなんとかドンチャン騒ぎをやる船もあったらしいけど、私たちの船は、べつに、って感じだったわ。毎晩がお祭みたいだから……いいんじゃない。

で、ディナーの席で皆さんのお話を聞いているうちに、私、うっかり、

「赤道って、わかるんですか？　今、越えたって？」

馬鹿なこと、聞いちゃったのね。

さいわい皆さん紳士淑女だから、こんな質問もサラリとジョークに替えてくれるのね。隣に坐（すわ）った重役タイプが、

「そうなんですよ、奥さん。甲板に出てジーッと海を見つめていてください。なんでしたらいよいよ近づくころ、私がお部屋にお電話を入れても結構ですよ」

「ええ？」

「甲板に立って、ジーッと海の中を覗いていると、それっ！　あそこ！　海の中に赤い線が見えて来るんですよ。ずっとむこうから一直線に伸びて来て、それから反対のほうへずーっと。赤い線です。それで、これが赤道か、ってわかるんです。船はそれをゆっくりと越えて行きます」

みんなが楽しそうに笑っていたわ。

「スクリューで引っかけたりしないんですか。その、赤い線を？」

むかいの席から、お医者さまの奥さまが真面目な顔で尋ねたりして……。いいえ、もちろん本気じゃないわ。この奥さまはとてもお話のうまいかたで、大真面目で聞くところがまたおかしいのね。

「いえ、それはなぜか大丈夫みたいですね。見える人には見えるけど、船は引っかけたりしないようです」

「深いところを通っているんだ、赤い線は。水深十メートルくらいかな」

「いや、十メートルじゃ、大型船は無理だ。三十メートルくらい下を通っていないと」

「そんなに深いと、見えませんわねえ」

「どの道、心眼で見るんだから」

「心眼？」

「そう、心の眼（め）ですよ」

「なるほど」

ディナーのテーブルでは、こんなたわいない話がよく交換されていたわ。

私は初めなにげなく、

——赤道って、どうしてわかるのかしら——

ちょっと疑問に思ったから尋ねただけなのに、愉快なジョークの提供者として、みんなに喜ばれたみたい……。主人も楽しそうに笑っていたの。

これは、これだけの話だったんだけど……。


一人旅の男性が乗っていたのね。

四十歳くらい。まあ、いい男ね。ハンサムで、知的で、少し危険な匂いがあって……。アンジェロ木村（きむら）。イタリア人と日本人の混血かしら。でも髪も瞳も黒かったわね。日本語もうまいから、ちょっと見ただけじゃわからない。

多分、船会社の関係者だと思うの。操縦のプロフェッショナル。若い乗組員にとっては先生格の立場ね。

豪華船は目的の島に近づくと、沖に停泊して、あとは船に積んだボートを出して島の港へ乗客を連れて行くの。帰りも定期的にボートが迎えに来てくれるわけ。アンジェロが若い船員たちに指導めいたことを言ってるのを何度か聞いたわ。

夜遅くバーに行くと、アンジェロが一人で飲んでいてね。私のほうは、主人が早く寝てしまうから仕方ないのよ。狭い船室で高いびきを聞いているのもつらいし。カクテルは嫌いじゃないし。

「今晩は」

「あら、今晩は」

バーにはほかのお客さんがいなかった。カジノのほうからは人声が聞こえていたけれど。

「よろしいですか」

サラリと隣の席に寄って来た。

「どうぞ」

答えたときには、もう私の顔を覗き込んでいたわ。イタリア式ね。強引だけど厭味がないの。こっちも退屈していたしね。

「なにをいただこうかしら？」

「アラウンド・ザ・ワールドをお勧めします。世界一周ですね」

「どんなカクテル？」

「ジンとグリーン・ミント。とてもきれいな色です」

「じゃあ、それを」

本当にすてきなカクテル。青緑色に澄んでいて、少し甘い。でもアルコールは強いみたいよ。飲んだとたん胃袋のほうから酔いがのぼってくるの。

「明朝、コロ島に着きます。本当に赤道のすぐ近くの島です。明晩は満月に近いでしょう。島でボートを借りますから赤道を見に行きませんか」

胸をして笑っている。

ディナーのときの会話を近くの席で聞いていたのね、きっと。

「赤道を？　見に行くのね？」

「そう。赤い帯がずっと伸びてますから」

「おもしろそうね」

半分くらい承諾したわ。

月夜の海に小舟を浮かべて……赤道を渡るなんて、わるくないでしょ。そうしたらアンジェロが、

「実はネ、本当の話、赤道のところに帯が巻いてあるんですよ、本当に」

彼、真顔だったけど、ヨーロッパの人は真顔で冗談を言うから、わからないのよ。

「あら、そうなの」

もう一ぱい、アラウンド・ザ・ワールドを頼んでアンジェロの言葉に耳を傾けたのね。でも、酔ってたから、くわしくはわからない。酔ってなくても、よくわからなかったでしょうけど。でも、おもしろかった。

「赤道の上にピッタリと帯を巻くんです。それから、その帯を二十メートルだけゆるめるんです。ほら、ベルトをお腹にきっちり巻いて、そのあと少しゆるめるのと同じです。今度は指が一、二本くらい入るすきまができるでしょ。赤道に巻いた帯もゆるめて、どこもみんな同じだけのすきまができるようにするんです」

「たった二十メートル？　ゆるめるのは？」

「そうなんです。そのすきまをくぐりに行きましょう。明日の夜、ボートを出して」

「いいわよ」

とても上手に誘われてしまったわ。


結局、アンジェロと二人で夜の海にボートを出したの。主人には、なんとでも言い訳がつくわよ。わかるでしょ、私のわるい癖……。

アンジェロはさすがに操縦に慣れていた。とってもすてきなボートだった。まっ白で、横に赤い線が一本走っていて。

ボートの中でアンジェロは、もう一度、バーで言っていたことを話してくれた。絵まで描いて、丁寧にね。

やっぱりわからなかったわ、あのときはネ。

とにかく地球の上に……赤道の上にピッタリと帯を巻くの。次にそれを二十メートルだけゆるめるの。

「どこもみんな同じだけすきまができるようにするんです。太平洋の上も、エクアドルの山地も、アマゾン川の河口も、大西洋の断裂帯の上も、ガボン、ザイール、ケニアの砂漠の上も」

アンジェロは地図にもくわしかったわ。今のはみんな赤道が通っているところでしょ？

「ええ？」

「どのくらいすきまがあると思いますか」

「わからない。ほんのわずかでしょ」

「このボートが通れますよ。ほら、あそこが赤道です」

空も海も暗かったわ。

月だけがポカンと東の空に銀色の穴をあけていた。日本の夜と全然ちがう。この世じゃないみたい。夢の中にいるみたい……。

そのうちに眼を凝らして見ると、少し離れた海の上に、なんだか赤い帯が通っているような気がしたの。海面の少し上のあたり……。帯は軟らかい材質じゃない。硬くて、ビニールの帯のようにピンと張って伸びている……。

色は赤……。

赤道だから……。

でも、私、前に主人が言ってたこと、ぼんやりと思い出していたのね。赤い線を見たときは、越えないほうがいいんだって……。

「ボートの高さは二メートル弱。ここが赤道。さあ、抜けますよ」

赤い帯の下をくぐった。くぐったような気がしたわ。物干しの紐(ひも)の下を通るみたいに……。

――くぐるのは、越えるのと少しちがうのかしら――

などと馬鹿らしいことを頭の片すみで考えたわ。

本当に一生に一度あって、二度とはないような夢幻な夜だったわねェ。人魚の声まで聞こえたみたい……。

あなたは、数学、できるわね。

あとでアンジェロが紙に書いてくれたの。それでも私はよくわからない。とにかく地球の上に……赤道の上に帯を巻くの。それを二十メートルだけゆるめて、どこのすきまも均等になるようゆるめるの。アンジェロが描いてくれた絵と式がここにあるわ。アンジェロは数学が得意だったと思う。理科系の話をして女性を感心させるのもプレイボーイのテクニックなんでしょ。地球の半径をrとするんですって。直径は2rね。地球の円周はそれに三・一四をかければいいんでしょ。π(パイ)って言うの？　それに二十メートルを足して、それをまたπで割ると、帯の輪の直径が出るわけ？　それから地球の直径を引いて、すきまは両側にあるわけだから二で割って……三・一八。三メートルとちょっとすきまができるんだって。

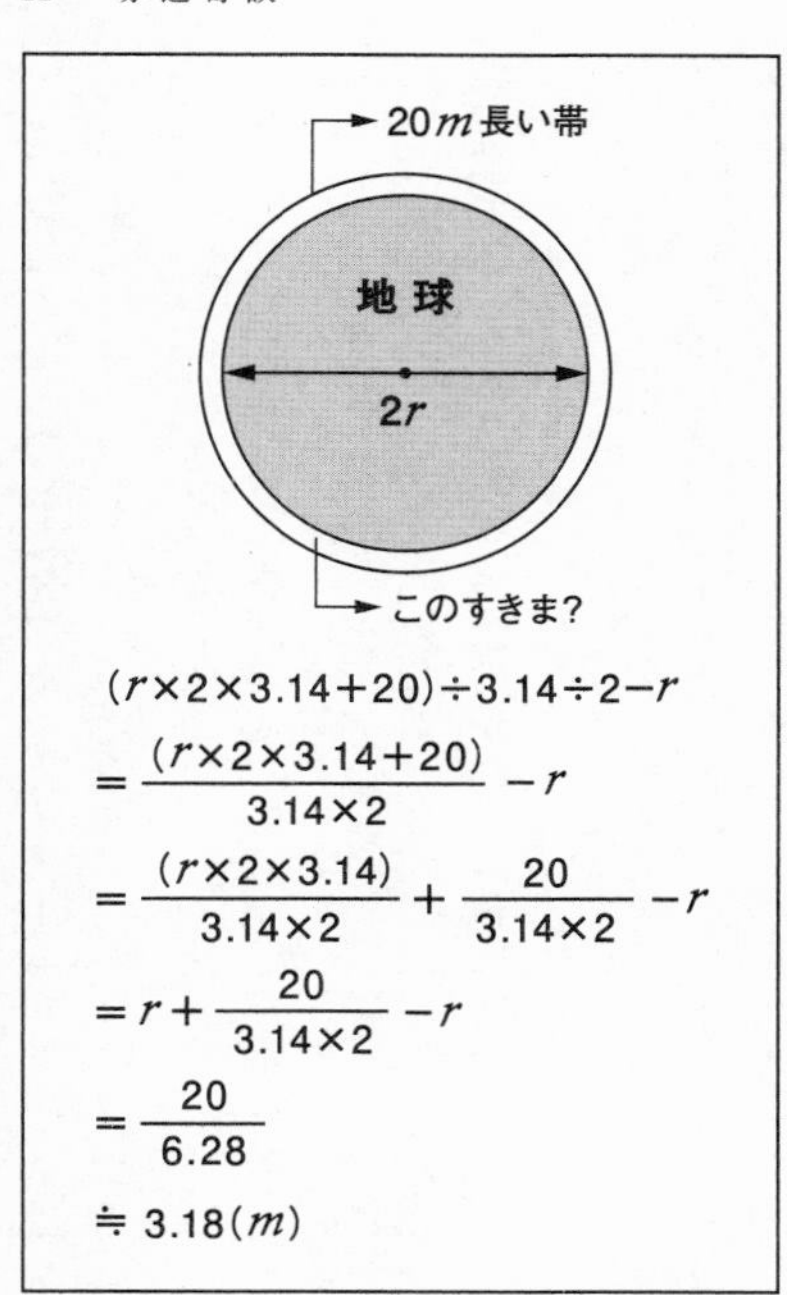

ボートの高さが……水の上に出たボートの高さが二メートル弱なら、らくにくぐり抜けられるわけね。

コロ島に一泊したあとサマセット・モームが訪ねた島へ行ったりして帰って来たんだけど、主人はずーっと元気だったのよ。三カ月ほどして、

「船旅は心身を若くするのかなあ」

なんて私が妊娠したのを聞いて、ものすごく喜んでいたのに……喜び過ぎだったのかしら、お正月前にゴルフへ行って、ゴルフ場でいきなり心臓の静脈瘤（じょうみゃくりゅう）が破れて……間に合わなかったわ。信じられない。本当にあっけなく逝ってしまったの。ゴルフに行く朝に夢で赤い線を見なかったのかしら。越しちゃいかんて。

私はショックよ。

もちろん、悲しんだわ。厭ね。心から悲しんだのよ。本当にいい人だったし、私たちいろいろと今後の生活設計を立てていたんだし……。地中海の旅もさせてあげたかったわ。それに、いくら年寄でも子どもには父親がいたほうがいい。とくに男の子にはね。

でも、もう大丈夫。みんな昔話になってしまったから。

ああ、今の赤道に帯を巻く話だけれど、あなたはわかるわね?

ああ、そう。「俺はわかるけど、君には無理だな」って笑ってんのね。

半分は正解。でも、少しわかったわ。

息子がね、十歳になるんだけど、賢いのよ。紙を見せたら、じっと見ていて、

「つまり、こういうことだよ、お母さん」

丁寧に教えてくれたの。頼もしいじゃない。アンジェロのときとちがって、こっちも一生懸命聞くから、だいたいわかったわ。地球の大きさに関係なく、どんなものに巻いてゆるめても同じだけすきまができるんだって？

そうなの？　やっぱり。

頭のいい子なのよ。とくに理数系。両親はまるで駄目だったのに、彼は算数が得意なの。ねっ？　だれの遺伝かしら。よく育っているわ。

うふふ、赤い線は越えちゃいけないけど、くぐるのはいいみたいよ。

どうなのかしら。

とてもいい昔話でしょ。おしまい。

大きな夢

金曜日の昼さがり、西村修司(にしむらしゅうじ)は浜松(はままつ)で仕事を終え、こだま号の上り列車に乗った。車内はところどころに空席があるくらい。

列車が静岡に着き、二、三人が乗り込んで来た。黒いコートの女性……。席を物色しながら近づいてくる。よく見たわけではない。修司はただ漠然と、

——女性はやっぱり席を選ぶだろうな——

と考えた。おかしな男の隣は避けたいだろう。同性がいいとは限らないし。

修司の隣は空いていた。女性はその近くまで来て、

「あら」

と声を発する。そして立ち止まる。

修司は顔を上げ、

「やあ」

と頬をゆるめた。

知った顔である。

懐かしい人である。いや、懐かしいは適切ではあるまい。一度会って別れ、わけもなく、

——また会えるといいな——

と思った人。もう会うこともあるまいと考えていた。

「空いてますか、ここ？」

「はい」

「よろしい？」

「もちろん」

修司は立って窓際の席を空けた。

「でも……すみません」

「どうぞ」

「失礼します」

コートを脱ぎ、スルリと腰をおろした。ボストンバッグを足もとへ置く。なんのこだわりもない。いつもそうだった。

「出張ですか？」

「はい」

名前は兵藤あかね。広告代理店に勤めているはずだ。年齢は三十代のなかば。修司より四、五歳は若いだろう。

「西村さんは？」

と、むこうも修司の苗字を記憶している。

「うん。浜松で会議があって」

「そうなんですか」

修司が勤める研究所は、東京と大阪の中間にある浜松に研修所を持っていて、そこへの出張は多かった。

「静岡へはよくいらっしゃるんですか」

「いえ、たまたま」

「奇遇だなあ」

「本当に」

これはどれほどの確率なのだろうか。コンピュータを駆使しても不確定な要素が多過ぎて、おおよその答さえ出しにくい。

「一年になるのかなあ」

「一年半くらい」

「あ、そうか、その後お変わりもなく」

と修司が尋ねたのは、たとえば結婚とか……。この前は独身と睨(にら)んだが、一年半の間に変化がなかったとは言えまい。

「ええ、変わりばえもせず」

「それはよかった」

深くは尋ねにくい。

——なにを話そうか——

修司は迷ってしまう。

あかねがハンドバッグを開いてハンカチを取り出した。

一瞬かすかな匂いを嗅いだように思った。

「そう言えば、お香をいただきましたよね」

「ええ。グラン・レーヴ、大きな夢でしょ」

「エジプト産なのに、フランス語の名前なの？」

「エジプトかどうか。東洋の匂いでしょ。神秘的だし。フランス人が売り出したのかしら。前におみやげにいただいて、おもしろいから、ときどき使っているんです。旅のときなんかに。いかがでしたか」

それを焚(た)いて眠ると大きな夢を見る、そんな触れ込みだった。

「効いた、効いた」

「そう。よかった」

「とてつもなくデカイ夢」

「不思議と効くんですよね」

「本当。時空を超越して、大きな夢だった」

「ええ？」

なかば意図したことだが、適切な話題が見つかった。幕を切っておとしたように会話が弾み始めた。


兵藤あかねと会ったのは……一昨年の秋、十月の初旬。エジプトのカイロだった。まだ暑さが残っていた。

カイロでカーボン・オフセットについての国際会議が開かれ、修司はオブザーバーとして出席した。同じ会議に同じオブザーバーとして来ていたのが兵藤あかねだった。日本人のオブザーバーは四、五人だったし、席が隣りあっていたので、すぐに親しくなった。

兵藤あかねは……どう説明したらよいのだろうか、人当たりが優しい。フワリと相手を受け入れるような気配がある。人の懐にスルリと入り込むような滑らかさがある。仕

事がらそうなのかもしれないが、それとはべつに、

——この人の性格がそうなんだ——

都会的で、やわらかく、しなやかだが、芯には固いところがあるのではないのか。受け入れては拒否し、拒否しては、

——そんなことあったかしら——

またさわやかに受け入れてしまう。そういう方法で人の懐へ入り込む。

会ったとたんにそう感じ、少しずつ、

——きっと、そうだ——

人柄に奥行きがありそうで魅力を感じた。

あかねは修司より英語がうまい。この方面でもいろいろと助けてもらった。

修司のほうもなにかサービスしたかと言えば、これは他愛(たわい)ない。

「こちらの人の名前って、ややこしくて覚えられないわ」

「漢字にすると覚えやすい」

「漢字、ですか」

「そう。世話役のジャハシャーリは蛇歯斜里とか」

「えっ」

淑女はケラケラケラと笑った。

修司は耳より目で記憶するタイプだ。漢字に換えて覚えるほうがよく覚える。これは本当だ。

そして、あかねは喜ぶのがうまい。ちょっとしたことでも、よい表情で喜ぶ。大げさではなく、ほどがよい。

「いいだろ」

「とってもいい。覚えられそう」

アラブ系の名前が出るたびに、チラリと修司のほうを見る。

「えーと、サルマンは猿万だな」

とメモに記す。

「そうだと思ったわ」

この馬鹿遊びが退屈な会議の、ささやかな……だが二人にとっては親しさを深める余興となった。

会議の最終日に主催者が半日の観光旅行を企てでくれた。修司もあかねもエジプトの土を踏むのは初めてで、当然、歴史の秘宝を見たことがなかった。ほんの瞥見(べっけん)程度のツアーらしいが、見ないよりはましだろう。次にはいつ来られるかわからない。

「私は参加する」

「ええ。私も」

あかねと一緒なら、それだけでも楽しいだろう。

コースは考古学博物館、ギザのピラミッド、そしてスフィンクス。博物館では、

「ここは広いから、見学はツタンカーメン王の財宝にだけ限らせてください」

と、あらかじめ釘を刺された。

確かに。館内をくまなく眺めるとなると、二、三日はかかりそうだ。

二階に上がり、まっすぐにツタンカーメン王の特別コーナーに向かった。修司にはほとんど予備知識がない。あかねは、

「図版で何度か見てますから」

「そう?」

「本物のほうが迫力があるけど」

一角は込みあっていて、ゆっくりと鑑賞するわけにはいかない。群がる肩の間からあかねが顔を覗かせ、

「全部純金なのかしら」

金色に輝く装飾の品々に視線を送りながら呟いた。

「わからない。純金は軟らか過ぎるから、なにか混ぜてるんじゃないのかな。金加工の技術はずいぶん古い時代から発達していたらしいから」

「でも重そう」

「あれだけ大きいと重いだろうな。でも王様は、あれで駈けまわるわけじゃないから」

「じーっと坐っていて」

「そう」

「でも、みごと、ですね」

「有史以来人類が掘り出した金の量は長水路のプール一ぱい分くらいのものらしい。ほかの金属とちがって捨てられるケースが少ない。何度も何度も鋳なおして使っている」

とりとめのない会話を交わして博物館を出た。

「エジプト人の顔って目が少し離れていて、横から見ても目がよく見えるみたい。壁画に横顔がたくさん描いてあるけど、あの感じ。三千年前と変わっていないのかしら。事務局の女性にいらしたわ、そんな顔のかた」

「そうだった？」

あらためてあかねの横顔を見た。

――なるほど――

日本人の横顔は壁画のように片目をそっくり見ることができない。

――エジプト人だって全部は見えないよなあ――

しかし、あかねに言われてみると、日本人より片目が少し広く見えるような気がしないでもなかった。

　――おもしろい観察をする人だな――

　と思った。

　バスの窓から眺めてみると、ここには本当にさまざまな人種が集まっている。歴史の長さ、地域の広さを感じた。

　四十分ほどバスに揺られてギザに着いた。

　三つのピラミッドが近景遠景を占めて鎮座している。数百人の観光客が来ているだろうに、この広大さの中では点在する小さな群にしか見えない。

「すごいわね、いきなりニューッと」

「超越してそびえている」

　クフ王のピラミッドを見学した。内部の構造もすごいが、やはり外観に圧倒されてしまう。見れば見るほど、これがどれほど精緻に築かれた建造物か、企み(たくら)の深さに厭(いや)でも思いを馳(は)せてしまう。

　考えてもみよう。

　茫漠(ぼうばく)とした、なにもない砂漠の上に、これだけのものを造るには、まずなにから考え始めたらよいのだろうか。

　ガイドは日本語が話せた。髭(ひげ)の濃い男だ。修司たちに近づいて来て特別なサービスを示してくれる。

「トーリョウが……トーリョウが」

と髭をなでながら奇妙なアクセントでしきりに呟く。

なにかと思ったら、

「頭領のことなのね。大工さんの頭領とか」

「そうらしい」

偉大な頭領がいて……頭領と言うより工事全体を取り仕切る設計者兼現場監督のような立場の者がいて……でも適切な日本語が見当たらない。

「コブンがたくさんいて、手分けをして仕事をしました」

これも子分が適切な日本語かどうか、ガイドは十本の指を立てて、頭領が何人かの子分に仕事を分け、全体を統括していたらしい事情を説明する。徒弟制度のようなものがあったのだろうか。

「チョッカク、わかりますか」

と親指と人差指を開く。

「直角、わかります」

むしろチョカクと聞こえたが、指の形ですぐにわかった。

「これが大切です。ピラミッドは上からみると四角です。砂漠に大きな四角を描くの、むずかしいですね。石も一つ一つ、よく見てください。みんなチョッカクに切ってます。

だからたくさん積んでも大丈夫」

そのことはすでに英語の説明で気づいていた。いろいろな力学を応用しているらしいが、根底に直角の利用があるのは疑いない。

「チョッカクの描き方、トーリョウだけが知ってます。一番か二番の子分にだけ教えます。縄を3、4、5に分けて……」

と古代技術の一端を説明してくれた。

グループはカフラー王のピラミッドを望みながらスフィンクスへ向かった。

これもまた不思議な建造物だ。カフラー王の生前の顔を写しているとか、ずっと砂漠の砂の中に埋もれていたとか、いくつかの説明を、これは英語で聞いたが、修司がよく覚えているのはガイドの説明よりも、

「スフィンクスは、なにを見つめているか、ご存じ?」

あかねがうれしそうに尋ねた。

「いや。東を睨んでいるけど……」

「日本のテレビで、言ってたわ。向こうのファスト・フードの店を見つめているって」

「なるほど」

確かに奇獣の視線の伸びる先に、おなじみのファスト・フード店の看板が見えた。

「お腹(なか)、すいたわ、とか」

「いや、人間はつまらんもの食っとるのウ、かもしれない」

「ええ。ふふふ」

エジプト料理の店で夕食をご馳走になり、この日の観光ツアーは終わった。

ホテルへ帰り、二、三通、葉書をしたためてロビーへ降りていくと、エレベーターの前であかねに会った。

「眠るには早いからバーへって思ったけど、女性一人じゃ、ちょっと気づまりだから」

「つきあいましょうか」

願ったり叶ったり……。明日は出発、これが最後の夜になるだろう。

バーへ昇り、窓際の席に坐って広がる街を見おろした。音こそ聞こえないが、見るからに騒然とした風景だ。大小、強弱、不規則に点滅する光の群の中に高架道路が交錯し、おびただしい数の自動車が相当なスピードで行き来している。その下の道を縦横に乱れて人の群が蠢いている。

——乱雑なる繁栄——

そんな表現を囁きたくなった。

あかねは服装を少し変えていた。白いジャケットにあしらった青いステッチが垢抜けている。

「ダイキリをいただくわ」

「うん。私は水割りを。えーと、スコッチ・アンド・ウォーターって言うのかな」

ボーイは〝ミズワリ〟だけで理解した。日本人客も多いのだろう。

「やっぱりピラミッドはすごいわね」

「王の墓なんだろ。半端じゃない」

ダイキリがグラスホッパーに変わった。修司は水割りのままである。

「お子さんは？」

「うん。息子と娘。小学六年生と二年生だ」

「いいわね。兄妹がいるのは。私は独りっ子だったから」

表情からなんとなく、

――独身だな――

と修司は推察した。

グラスホッパーがさらにアラウンド・ザ・ワールドに変わった。修司の水割りはもう四はい目だろうか。

夜が少しずつ深まる。ふいとあかねがハンドバッグを開けて小さな紙包みを摘み出す。すぐにはなにかわからなかった。紙を開くと、三角の飴のようなものが現われた。

「なに？」

「グラン・レーヴ。〝大きな夢〟かしら、お香なの」

「お香？」

「お小皿に置いて火をつけて。とてもいい匂い。ピラミッドみたいな形でしょ」

「テトラだな」

小粒の三角錐(さんかくすい)。少し黒味を帯びたモスグリーン。

「旅に出るときはいつも持って出て眠るときに焚くんです。匂いも好きだけど、いい夢を見るんです。とても大きな夢」

「大きな夢、ですか」

「そういうお香なんです。東洋の神秘かしら。安らかに眠って、とても大きな夢を見させてくれるの、本当に」

「大きい夢って、なんだろう」

「ピラミッドとか」

「あ、そうか」

「さしあげます、試してみてくださいな」

「いいんですか」

「ええ。私はほかに持ってますから」

「おもしろそうだな」

「ええ、きっと」

「本当に頂戴していいんですか」

「高価なものじゃないんです。でも、本当。大きな夢を見ますよ」

「あなたは？」

「うふ、いろいろと」

と笑った。

もう充分に遅い。二人とも明朝早い出発だ。

「行きますか」

「はい」

帰りの便は異なっている。

「東京で会いましょう」

すでに名刺を交換していた。

「うふふ」

あかねは首を振って立った。肯定とも否定とも判断がつかなかった。

――お気に召すままに――

あとで考えれば、そんな気配だった。

「おやすみなさい」

「おやすみ」

あかねの部屋のほうが下のフロアーだった。

「大きな夢を、どうぞ」

「うん、うん」

エレベーターのドアが閉じて、それが別れとなった。

もちろん、この夜、修司はベッドサイドのテーブルに灰皿を置いてグラン・レーヴに火をつけた。チリチリとすぐに燃えて香りを放つ。

鼻を近づけて嗅いだ。

お香の匂いであることは、まちがいない。しかし日本で嗅ぐものとは、どこかちがう。妖しく、深い。

――あかねは東洋の神秘と言っていたけれど――

その東洋はアラビア半島のあたりではあるまいか。たとえばアラビアン・ナイトの世界とか。人間の感覚を狂わす魔力が潜んでいる……。

そのうちに眠った。

確かに、大きな夢を見た。時間を超えた遠い夢だった。

東京へ帰って修司は、

――楽しい人だったな――

何度かあかねの名刺を眺めた。連絡を取ろうと思えば、むつかしいことはなにもなかったが、微妙なためらいがなくもない。

——夢の報告をしなくちゃいかんし——

さほど律義に伝えることではあるまいけれど……。なかなか電話に手が伸びない。

——仕事が忙しい——

とはいえ、会って仕事に支障が生ずるとは考えにくい。

——妻帯者だしなあ、俺は——

これだってそう大袈裟(おおげさ)に考えることではあるまい。むしろ、そんなためらいが相手に伝わったら、

——あなた、なにを考えているんですか——

と、あきれられるにちがいない。

だが……どうも気が進まない。

いや、正直な告白をすれば、一度電話を入れた。あかねはオフィスを留守にしていた。修司は自分の名前だけを言い残して、あかねからの電話を待ったが、音沙汰はなにもなかった。それが女性として当然なビヘイヴィアであろうと知っていたけれど、むこうにもなにかしらためらいがあるのかもしれない。

二度とは電話をかけなかった。

——会ってどうするつもりなんだ——

そのまま月日が経過した。

——うまい偶然でもあれば、いいけどな——

と思ったが、その通り、うまい偶然が起きたのである。

列車が三島(みしま)駅を出発した。東京まで……。残された時間は少ない。

「グラン・レーヴを焚いて寝たら……」

「どんな夢でした?」

あい変わらずフワリとした表情で、やわらかく答を待っている。

「うん。普段の夢とはちがう」

答えながら頬がゆるんだ。

あの朝、目ざめたときの不思議さが甦(よみがえ)る。グラン・レーヴは燃え尽きていたけれど、匂いは部屋の中に残っていた。その香りが、今、隣の席からかすかに匂ってくるみたいだ。

「どうちがうの?」

「ずーっと古い昔に飛んでピラミッドの建設に取りかかってました」

「大きいわ」

「そう。大きい。頭領がいてね。どうも私はその頭領の指示を受けて仕事をやっているらしい」

「はい」

「怖い頭領なんですよ。まわりの者はみんなピリピリしている」

「あなたも？」

「私もピリピリしているんですけど、信頼はされている。頭領が言うんですよ。〝俺はもう老人だ〟確かに見ればヨボヨボで、これはもう長くはないだろう。〝あとはお前にまかす〟そう言われても自信がない。頭領はじっと私のことを見つめて〝これをわたす。大切なことが書いてある〟小さく巻いた紙をくれました」

「パピルスかしら」

「当然そうでしょうね。夢だから、そこまではわからないけど。紙を開いて、中を見ると……」

と修司はことさらに言葉を切った。少しはもったいをつけなければ、おもしろくない。

あかねも充分にその気配を察して、

「なにかしら」

と首をすくめる。

「あははは、直角の作り方ですよ」

あの夜の夢はそこに集約されていた。一枚の紙……。知らない文字が記してある。記号のような文字だが、夢の中の修司にはわかった。

——あ、そうなのか——

納得が込みあげてきて、そこだけが鮮明だった。

まったくの話、夢というものは、それなりのストーリーを持っているけれど……そのストーリーには時間の経過があり、因果関係があるように感じられるけれど、本当のところ脳味噌(のうみそ)は一瞬の場面しか見ていないのかもしれない。一瞬の光景に対して、いくらか覚醒した意識が前後のストーリーや因果関係をつけ加えるのではあるまいか。

つまり、あのとき修司が夢に見たのは、直角の作り方を記した一枚の紙、それだけだった。それが中核だった。

なんのための書きつけだ？

すると……ピラミッドの作り方だとわかった。頭領から秘伝を授かったのだ。パピルスのことは意識になかったから夢には現われなかったけれど、強く心に残っていれば、

——うん、パピルスだ——

とストーリーにつけ加えたにちがいない。

「ガイドが言ってましたよね、とっても髭の濃い……」

日本語の上手な……だが、ときどきわかりにくい発音で呟く現地人ガイドのことを、

あかねもよく覚えているらしい。

「そう。縄に3、4、5の長さごとに印をつけて、それで三角形を作れば、3と4の間に直角ができるって」

「ピタゴラスの定理ですか」

「ピタゴラスの定理は、ずっとあとに考えられたものだろうけど、エジプト人は早くから気づいていたんだ。3、4、5が直角三角形を作るってことを」

「どうしてかしら」

「わからない。経験的に知ったんじゃないのかな。知ってしまえば、すごい知識になる。だって縄を一本持って来て、3、4、5の単位で印をつければ直角ができるんだから。大きな直角も小さな直角も、みんな作れる。なんにもない砂漠に〝さあ、ここに直角を描いて、正方形を作れ〟と言われても、たちどころに作ることができる。頭領になれるかも」

「あなた、そうお考えになったのね」

と、あかねは掬うような眼差で見つめる。

「まあ、そうでしょう、だから夢に見た」

「古代のエジプトにまで行って?」

「そう。グラン・レーヴだから」

「でも、あのお香、本当にそうなの。女子医大の立花先生、ご存じですか、新聞なんかにときどき書いていらっしゃるけど」

「えーと、名前くらいは」

「脳生理学がご専門でしょ。仕事でお世話になったとき、お聞きしてみたんです」

「なにをですか」

「グラン・レーヴのこと。匂いで夢を左右することができるかどうか……。そしたら〝できるでしょう〟って」

「やっぱり」

「うれしくなっちゃった。うふふ。でも、あの先生、調子のいいところがおありだから、わかりませんけど」

「〝この匂いを嗅げば大きな夢を見ます〟って言われれば、見るかもしれない。暗示にかかって」

「ええ、信じれば」

「信じましたから」

　ピラミッド建造の秘密を聞いて、修司の心に残ったのは、3、4、5というすこぶる単純な整数の連続で三角形を作ると、そこに直角が生ずる、という事実についてだった。神の摂理なのか、偶然の摂理なのか。単純であればこそ、古い時代の人々も発見し、会得したろう。これがピタゴラスの定理に、すなわち〝直角三角形において斜辺の二乗は、他の二辺の二乗の和に等しい〟に結実するには千年くらいの長い年月が介在したにちがいない。まさしく$3^2+4^2=5^2$となる。これが逆に3、4、5が直角三角形を作ることの証明になっている。

今では多くの人が知っている事実だろうが、古代においては卓越した知識であったにちがいない。と言うより、今ではだれもが知っている常識が……たった一枚の紙に記せるメモランダムが巨大なピラミッドを造る基本であったということ、修司はそのことに思いを馳せ、それが大きな夢に登場したのだろう。

「あなたはどんな夢を見ましたか、これまでに？」

と、あかねに尋ねた。

「ええ。このあいだは、あなたと反対に未来へ飛んだわ」

「へえー」

「少し怖いの。退化論かしら」

「退化論？」

「ええ。進化論って言うでしょ。人間は猿から進化して来たとか」

「うん」

「でも、本当は反対で、人間はどんどん退化して来て、今は人間だけど、将来は猿になり、もっと下等な動物になり……」

「案外そうかもしれない」

「ええ、それで私がヘンテコな猿になって、それでも広いジャングルの中で恋愛なんかしているの」

「グラン・レーヴだな」

と笑ったとき車内放送が〝間もなく新横浜（しんよこはま）に着く〟ことを告げた。

「私、降ります」

「えっ。あ、そう」

てっきり東京まで一緒だと思い込んでいた。あかねはハンドバッグを開き、

「また、さしあげます」

紙の小さな包みを掌（てのひら）にのせてさし出す。見覚えのある品だ。

「グラン・レーヴ？」

「はい、また大きな夢を見てくださいな」

「うん。ありがとう。いただく」

列車がプラットホームに滑り込み、あかねは足もとのボストンバッグを取って立ちあがった。

「さようなら。とても楽しかったわ」

「うん。さよなら。ありがとう」

「では」

うしろ姿になり、ふり返ることもなく消えた。プラットホームに立って見送る姿もなかった。

修司は狼狽を覚えた。

――運命には恵まれたけど、俺は詰めが甘いなぁ――

微妙な違和感が残っていた。

――親しくはなるけど、けっして相手に踏み込ませない人なのかもしれない――

と、あかねの人柄についても、わからないところがある。

グラン・レーヴを掌に置いて眺め、ポケットに収めた。


家に帰ると、妻の朝子の姿がない。

「お母さんは?」

「さっき出てったよ。もうすぐお父さんが帰るからって」

と一郎がいっぱしの口調で言う。花恵はその隣で跳ねていた。

「ご飯は?」

「食べた。お父さんは?　カレーライスならあるよ」

「いや、いい。食った」

妻の朝子は平和運動に凝っている。〝凝っている〟はわるいが、とても熱心だ。昨今の世情は、憲法を変える議論がかまびすしい。五月の記念日を前に、なにかしら仲間たちと訴えようと画策して夜の会合に出向いている。

この件について夫婦はたまに話しあう。朝子は生真面目で、明るい。都会派で、よいセンスを持っている。

「子どもたちのことを考えると、平和って、とっても大切」

正論だろう。

「うん」

「九条は守らないと」

「そうだな」

修司もそう考えているけれど、この手の会話は家庭の話題にはそぐわないところがある。疲れて帰ったときは辛(つら)い。朝子もよくわかっているから真剣に話しあうことはむしろ珍しい。修司としては健気(けなげ)な妻の心意気に協力している、それが実情だ。

花恵は独りパジャマに着替えて、

「おやすみなさーい」

聞きわけのいい子どもたちだ。二人ともかわいい。父親がデレデレと子どもと馴(な)れあ

っているのは、

——絶対によくない——

と修司は信じているから、おおむね厳しく応じているけれど、本心を言えば両手で抱きしめたくなるほど、かわいい。

一郎は花恵より三十分だけ長く起きていてよい。

花恵が隣の寝室へ消えたあと、父と息子はテレビをはすかいに見ながらリビングルームのテーブルで向かいあっていた。

「お父さん」

「なんだ」

「お父さんとお母さん、恋愛結婚？」

「どう思う？」

「恋愛結婚でしょ」

「まあ、そうだ」

特筆大書するほどのものではないが、それでも恋は恋、朝子とは心のときめく時間を共有したはずだ。

「どっちがいいの？　見合いと比べて」

「学校で、そんなこと話すのか」

「話さないけど……。田辺(たなべ)って子がいて、お父さんが家出したんだって。お母さんと喧嘩(けんか)して。見合いだから心が通じあえないんだってサ」

いっぱしのことを言いおるのウ。こざかしい仲間がいるのだろう。

「あははは。そうかもしれん」

深くは取りあわなかった。

修司が風呂に入り、缶ビールを手に子どもたちの寝室を覗くと、兄妹はもつれあって眠っている。あどけない寝顔で、いつ見ても心の安まる風景だ。ただ、

――いつまでも同じ部屋に寝かせておくわけにいかんな――

これが目下の悩みのたねである。

ビールを飲みながら待ったが、朝子はなかなか帰らない。十一時を見てベッドへ入った。

グラン・レーヴを焚いた。

――どんな夢がいいかな――

思いっきり大きな夢。現実を超える夢。たとえば、あかねと二人で世界の果てを旅するとか……。

しかし、ちがった。

芳香の中でおもしろい夢を見たけれど……時空を超える大きな夢ではあったけれ

ど……。

　土曜日の朝、夫婦は朝食を終え、ゆっくりとコーヒーを飲んだ。

「遅かったな、昨夜(ゆうべ)」

　修司は新聞を見ながら呟いた。

「ええ。会合が長びいて。若い人たちにはちがう意見も多いから」

「そりゃ、そうだろ」

「日本にも軍備が必要だって」

「むつかしいところだよな」

　修司にも迷いがある。朝子は話を変えて、

「お香が匂ってたわ」

「ああ。厭じゃないだろ」

「ええ、不思議な匂いね」

「グラン・レーヴ。前に話したろ。大きな夢だ。あの匂いを嗅ぎながら眠ると大きな夢を見るんだと。日常のちまちました夢じゃなく」

「へぇー、そうなの」

「この前はピラミッドの建造だ。縄に3、4、5の長さで印をつけて直角を作る。いつでもどこでも直角が作れる。それが紙一枚に書いてある。今じゃたいていの人が知ってることだけど、昔は秘伝だった」

「ええ……。どうしたの、お香？」

「カイロで会った人にまた会った。きのう帰りの新幹線で。またお香をくれた」

「女のかた？」

「あ、いや、男だよ。三菱(みつびし)の人」

「そうなの」

「きのうの夢は過去じゃなく未来だ」

お香の匂いにどんな魔力が潜んでいるのかわからないけれど、夢には暗示が強く作用するだろう。大きな夢と言われれば大きな夢を見やすい。時空を超えると言われれば、そうなるかもしれない。あかねは過去ではなく未来に飛んだと呟いていた。

「未来って？」

「百年くらい先なのかな。家族たちがみんな平和に暮らしている。どの町もどの国も」

「すてきね」

「平和に暮らすための秘伝があるんだ。たった一枚の紙に書いてある。みんなが話してる。〝今じゃだれでも知っていることなのに、昔はわからなかったのよねぇー〟なんて」

この部分はカイロで見た夢と共通している。紙一枚に摂理が記されているところが……。夢の中で修司がヒラヒラと紙をみんなに見せていた。

「なにが書いてあったの？」

本当に大きな夢だった。

「なんだと思う？」

「わからない」

「九条だよ。日本国憲法の第九条だ。みんなが武器を持たなきゃ平和に暮らせる。二十一世紀の人は知らなかったけど、今はみんなが知ってるって」

「うふふ」

朝子が笑った。

そのままゆっくりとコーヒーをすすった。

修司は眼を閉じた。かすかにおごそかなものが込みあげてくる。

「人間は馬鹿だな」

「ええ……？」

「大きな夢だったよ」

「嘘でしょ。そんな夢。あなた、ときどきそういう嘘をつくんだから。そこまで気ぃ使ってくれなくていいわ」

「本当だよ」

「なら、いいけど。少し怪しい」

朝子の表情は尖(とが)っていない。ちょっとうれしそうだ。

昨夜、未来の夢を見たのは嘘ではない。本当だ。いろんな暗示があってのことだったろう。修司だって平和を望んでいる。たった一枚の紙に書かれた数字が直角を作り、巨大なピラミッドを作った。それと同じように、たった一枚の紙に書かれた文言が……日本国憲法の第九条が……すなわち〝日本国民は、正義と秩序を基調とする国際平和を誠実に希求し、国権の発動たる戦争と、武力による威嚇又は武力の行使は、国際紛争を解決する手段としては、永久にこれを放棄する。陸海空軍その他の戦力は、これを保持しない〟この文言こそが、永遠の真理として人類を救えるはずなのだ。たった一枚の紙に書けるだけの文言が……。

夫婦は窓の外に広がる青い空を見つめる。かすかに東洋の静かな香りが匂う。修司は、

――グラン・レーヴ――

そっと心で呟き、朝子たちが描く遠い、大きな夢に思いを馳せた。

掌の哲学

信仰がなければ罪もない。

これは本当だ。神なるものへの、真剣な対峙（たいじ）がなければ、本当の罪の意識はありえない。昨今の、この国の惨状をながめると、私は時おりそんなことを考えてしまう。

が、それはともかく、このことと関わりがあるのかどうか（多分深く関わっていると思うのだが）悪魔が日本へやって来たのは、キリスト教の伝来のころ、南蛮のバテレンたちと一緒に次々と九州の港に上陸したらしい。

以来、五百年、悪魔はところどころで得意のわるさを働いたが、彼等（かれら）にとって、ここはあまり居心地のよい国ではなかったようだ。そう結論をくだすのは、この国ではキリスト教の布教がままならなかった。禁止令の布（し）かれた江戸期はもちろんのこと、それ以後も庶民への浸透はあまりかんばしいものではなかった。一方で内村鑑三（うちむらかんぞう）や賀川豊彦（かがわとよひこ）など、優れたキリスト者を育んだけれど、こういう手合いは悪魔にとってはつきあいにくい。凡庸な庶民のほうが狙いめである。なのに日本におけるキリスト教徒の数は常に百万人を下まわり、韓国の七百万人、人口の十数パーセントに遠く及ばないのが実情である。加えて昨今の日本国では、もののけや悪霊がもてはやされ、ヨーロッパ原産の悪魔にしてみれば、

「つまらん、この国は」

ある者はアリタリア航空で、ある者はエールフランスで、ある者は堅実なルフトハンザに乗って故郷へ帰って行ったにちがいない。

日本における跳梁跋扈の報告は乏しく、あの特徴のある姿が……黒いコートの下に長い尻尾を隠し、尻尾の先端に三角の突起がついている姿が目撃されたのは、私の知る限りでは、昭和四十一年秋のこと、東京都千代田区、皇居に近い路地の一郭……。ローマ法王庁に報告すべきかどうか私は迷い続けている。ここにあえて報告する所以である。とはいえ私自身はほんの瞥見をしただけである。確かに見たと言うのは大学生のK……君である。

事情をもう少しくわしく説明すれば私はそのころフランスから帰国し、都内の私立大学で教鞭を執りながら翻訳の仕事に励んでいた。住まいは永田町の安アパート。場所がらはよいけれど、典雅な生活であろうはずもなく、書生暮らしに毛の生えたようなもの、屋根裏に近い六畳間を借り、必死になって働いて、生活費と本代を稼いでいた。たいていは夜通し働く。東の空が白むのを見て散歩にでかける。皇居の濠ばたを歩く。

人の姿は少ないが、このあたりは四季を通じて美しい。自然と人工の美がみごとに融和して、世界の大都市と比べてもけっして遜色はあるまい。

たっぷりと歩く。そして、ホテルのティールームに入って朝一番のコーヒーを飲む。この時間帯はここにも人の姿が少ない。
三、四日前からフランス人の客が来ていた。六十歳くらい、学者タイプ、黒ぶちの眼鏡をかけてフィガロ紙を読んでいる。このホテルの宿泊客だろう。一度だけ「ボン・ジュール、ムッシュー」と声をかけたら、少し驚いたように顔をあげ「オー、ボン・ジュール」と紛れもないパリジャンの発音が返ってきた。
が、この紳士のことは措くとして、まずは大学生のほう、悪魔のこと……。

その朝も私はいつもと同様に散歩で汗をかき、空調の涼しいティールームへ入った。あとを追うようにして青年が駆け込んで来た。青いチェックのシャツに黒ズボン、

——学生かな——

と判じたが、私の顔を見て、

「先生」

と呼ぶ。見覚えはまったくないけれど、私の教室の生徒らしい。

一見して一流ホテルに出入りする風体ではなかったが、朝のうちはジョギングを楽しむ宿泊客もいることだから、ホテル内の服装もまちまちだ。私だって文字通りの普段着

である。

「どうした?」

と尋ねた。

街で突然、学生に声をかけられることには慣れている。ほとんどが知らない顔だ。延べにすれば、三百人くらいの学生に接しているのだから、とても覚えきれない。

「先生の〝ヨーロッパ史概論〟を聞いてます」

「あ、そう」

一般教養の科目である。とりわけ聴講生の多い講座だ。

緊張して、つっ立っているのを、

「まあ、かけなさい」

と、席を勧めた。

それでも立ったままでいる。あらためて観察すると、ひどく青ざめた顔をしている。

唇が震えるように蠢(うごめ)いて、

「先生、助けてください」

と言った。言葉も、様子もただごとではない。

「どうしたの?」

こちらも少し身構えて尋ねた。

「どうしたら、いいんですか。悪魔に遭いました。悪魔と取引きをしてしまいました」

突飛なことを吐く。

「ふーん。話してごらん。君もコーヒーでいい?」

「あ、すみません」

オドオドと腰をおろす。

この朝も、例の初老のフランス人はティールームに来て、独りフィガロ紙を読んでいた。彼の席からは、青年の表情が……身ぶりが、よく見えるにちがいない。日本語はどれほど理解できるのだろうか。

私は黙って、青年が(あとで苗字を告げたので、その頭文字を取って、ここではKと記そう)話しだすのを待った。

そうしながら青年を見すえて想像をめぐらした。Kの年齢は二十歳前後、大学の二年生……。〝ヨーロッパ史概論〟は二年生を対象とした科目だから、落第をしていなければ、この学年だろう。おそらく地方から上京して、下宿か寮か、優雅とは言えない生活を続けているくちだろう。

――すべて、普通くらいかな――

つまり、特別できがいいわけでもないが、特にわるくもない。素行も普通。教室の前のほうの席で熱心に授業を聴くタイプではないが、まるっきりサボっているわけでもあるまい。

——それにしても、なんで私のところへ——

と思い、まず最初に考えたのは、

——教室で悪魔の話なんか、したかなあ——

であった。すぐには思い出せない。多分、してない、だろう。だからKが相談相手に私を選んだ理由が飲み込めないが、もしかしたら私の翻訳した作品の中に悪魔の登場するものがあったのかもしれない。

とはいえ、学生の行動には訳のわからないケースがよくある。いきなり話しかけられ、連想の糸がたぐれないことなんて、いくらでもある。悪魔はヨーロッパの怪物だ。いろいろとヨーロッパの歴史にくわしい先生なら、なにかしら知っているだろう、きっと助けてくれるだろう、と、このくらいの繋がりだけで、りっぱに行動の動機となりうる。

そして、それとはべつに……これも少しずつわかったことなのだが、Kもまた永田町の近くに住んでいるらしい。食料品店や街中で私の姿を認め、

——あ、先生もこのへんにいるんだ——

と、私のアパートの位置もおおよそ見当をつけているのかもしれない。朝まだき、私が濠ばたを散歩することも知っていた。だから悪魔とヨーロッパ史の関係を飛び越して（その連想も少しは作用したのだろうけど）、

——とにかく、だれか相談にのってくれそうな人——

と、私を見つけて追いかけて来たのだろう。当たらずとも遠からず、こんな事情だったにちがいない。運ばれてきたコーヒーを飲もうともせず、

「あのう、授業料なんかも払ってなくて……」

と頭をかく。

Kの話は、まず金銭に困っていることから始まった。どこまで正直に話してくれたのか、疑わしいところもあるのだが、地方都市に住む両親には経済的なゆとりがないらしい。奨学金を当てにして入学してみたものの、まだその給付を受けていない。アルバイトくらいでは生活費を稼ぐだけで精いっぱいだ。友だちとのつきあいもあるし、遊びたい年ごろでもある。遊びの誘惑は山ほどあるし、女性の前では恰好をつけたい。授業料を払えないばかりか、怪しげな金融にまで手を出してしまった。取り立ては厳しい。働いても働いても返せない。その一方で、

——大学を出て、なんの役に立つのかなあ——

と自分の将来について、もともとよく考えていなかったのが、ますますわからなくなる。生きている意味もわからないし、希望もない。都会の生活はきらびやかに輝いて見えても、自分自身は疎外されている。その焦り、その孤独感……。ほとんどの学生が感じていることだ。これに失恋でも加われば、もうマイナス要件は完璧、落ち込むよりほ

かにない。Kも失恋の一つくらいは味わっているらしい。

「高利貸しなんかと関係しちゃ、まずいねえ」

「は、はい。でもお金がないもんだから、つい……あっちへ返すためにこっちから借りて」

最悪のパターンである。確かに悪魔にとっては、

――狙いめかもしれない――

などと、私は暢気なことを考えないでもなかった。

「それで？」

Kの話は訥々として、あっちへ飛び、こっちへ移り、手早く理解するのがむつかしかった。話が下手なうえに、自分を飾って……自分の失敗を隠して話したいだろうし、この朝のテーマ自体が尋常ではない。だれだって話しにくいだろう。聞き手の私が舵を取って、話の筋道がなんとか通るようにしてやったのは本当だった。これも教師の務めの一つと心得ている。

「なにもかも厭になって、メチャクチャ飲んだんです。ベロベロに酔って借金取りに追っかけられてることなんかも喋ったと思います。で、十二時過ぎに酒場を出て、家の近くまで来たら……」

「どこに住んでるの？」

「永田町の、山王下のほう」

「ああ、そう」

「安アパートです。細い路地があって……」

「うん。結構、古い道があるもんな」

「はい。うしろから来た男に呼ばれて……借金取りかと思ったけど、ちがいました」

「うん？」

「黒ずくめの男で……。私、グデングデンに酔ってましたけど、へんなことを言うんです」

「なんて？」

「あのう、あんた、いい手相をしている。〝譲ってくれ〟って」

「手相を譲ってくれって言ったのね？」

「はい。なんのことか、よくわかりませんでした。その男が言うには〝さっき酒場で見た。チャーミングだから譲ってくれ。お礼に二十万円、どう〟って」

「ふうん」

「二十万円あればずいぶん助かるなって思ったのはよく覚えてます」

今よりはずっと物価の安かった頃のことだ。

「それで君はその取引きに応じたわけだ？」

「そうです」

Kはブルッと身震いをした。思い出しても恐ろしいことがあったらしい。

たどたどしいKの話を私なりに整理してたどってみると、こんなところだ……。

「もしもし、学生さん」

深夜、人けのない路地で呼び止められた。

「えっ？」

振り返ると黒装束の男が立っていた。いつ、どこから現われたのかわからない。黒い半コートに黒いシャツ、ズボンも黒い。鍔の広い帽子をかぶっているので、そのうえ少し離れて街灯が一つともっているだけなので、顔つきははっきりとしない。眼差だけが鋭い。鼻は高く、鷲鼻を呈し、

――外国人かな――

日本語が巧みなので、混血かな、とも考えた。

なにもかも型通りの悪魔の風体で……つまり、いろいろな文献などに描かれている通りなので、私としては、このくだりを聞いたときには、むしろ、

――作り話かな――

と思ったほどだ。もともと作り話のようなテーマである。

が、それはともかくその黒い男が、

「学生さん、あんた、とってもいい手相してますね。さっき拝見しましたよ。チャーミングだねえ」

いい手相というのは、わからないでもないけれど、チャーミングとはどういう手相なのか。黒い男の言いようは、Kの手相が〝良い運勢を示している〟という単純な意味あいではなく、たとえば〝守銭奴の前に積まれた金貨〟あるいは〝飢えた犬の前に置かれた肉片〟のように、身が震えるほどチャーミングだ、と、そんなふうに感じられ、Kは夜の暗さとあいまって男の台詞（せりふ）がひどく無気味に感じられたらしい。

「はあ」

Kは酔った頭で思い返した。酒場の女性が手相のよしあしを言いだし、三、四人の酔客が掌（てのひら）をさし出したのではなかったか。Kも、なにげなく自分の掌を開き、ながめたような気がする。前後の事情はよく思い出せないが、あのとき、

——この黒い男が、そばにいたかなあ——

いたからこそ〝チャーミングだ〟と言えるのだろうけれど、こんな大きな帽子をかぶっていたらすぐに気がつく。黒ずくめの服装も普通じゃないし、目と鼻の特徴もよく目立つだろう。酒場の隅っこから、あるいは戸のすきまから、そっと覗（のぞ）いていたにちがいない。

「譲ってくださいよ」

「手相を、ですか」

「そう。お札はたんとしますから」

ポケットから厚い札束を覗かせる。

「どうやって?」

手相を譲ってくれと言われたって、どうすれば譲ることができるのか。

「いや、簡単です。手間は取らせませんから」

と、半コートの下から二十センチ四方くらいの薄い箱を取り出した。

「なんですか」

それには答えず、うっすらと笑って、

「二十万円でどう? 当面の借金をきれいに片づけて、少し残るかな」

唇が異様に赤いのに気づいた。吐く息まで赤い。Kのほうは澱(よど)んだ脳みそでも金銭の計算くらいはできる。確かに黒い男の言う通りだ。二十万円あれば方(かた)がつく。しつこい集金人に悩まされることもなくなる。そのあと授業料を払っても五万円ほど余るだろう。

――新しい靴も楽に買えるな――

皮算用を弾(はじ)いた。

「…………」

返事をしなかったけれど、表情は承諾を表わしたにちがいない。相手は鋭敏に察知して、

「じゃあ、決まった。二十万円で。いいね」

と、念を押す。

「でも」

なにをするのか。なにをされるのか。二十万円の仕事はそう楽ではあるまいに……。

「だから、やさしいのよ、とっても」

箱の蓋を開けた。

すると……どう説明したら、よいのだろうか。中には銀色の、まるいもの。表面は軟らかそう。粘土みたいなもの……。

さらに箱の蓋の内側から色紙のような厚紙を二枚出し、道の上に並べた。

「ここに片手をついて。それから厚紙に押しつけて。右と左、ね」

と、身ぶりで示す。つまり、手型を写し取るのと同じ要領だ。さしずめ銀色の粘土が朱肉の代りをする。

——俺の手型なんか……いくらいい手相だって——

と、これもぼんやり考えた。

勧められるまま掌を置く。右の掌が銀色に染まり、身をかがめて厚紙に押しつけると

銀の手型が写った。

「これでいい？」

「いいとも」

陽気に叫んで赤く笑い、

「次に、こっち」

と、左手を求める。もう一枚の厚紙に同じように手型を押しつけた。

「ありがとう」

濡れた手拭いをさし出す。手の汚れを落とせ、ということだ。気がつくと……身をかがめたときに入れたらしくKのポケットはいつのまにか大きく膨らんでいた。札束の重みが感じられる。男は手まわしがいい。

Kとしてはその場で札束を取り出して確かめるのがわけもなくためらわれた。

「では」

と、黒い男はもううしろ姿に変わっていた。半コートの下に、

――長いものがぶらさがっている――

ぼんやりと見送った。

Kがあらためて、札束を取り出し、パラパラと弾いて、すべてがまあたらしい千円札であることを確認したのは、男の姿がまるで見えなくなってからのことだった。

——やったね——

とりあえずはうれしかった。なんだか訳のわからないことが起きたけれど、札束は本物だ。数カ月の苦痛から解放されることはまちがいない。

——夢かな——

まったくの話、なにかと尋ねられたら夢に近い。夢ならば、こんなことが起きてなんの不思議もない。だが、

——夢じゃない——

頬をつねってみるまでもなく夢ではない。いくら酔っていても夢と現実の区別はつく。

——そうでもないか——

夢の中で〝これは夢ではない〟と思った体験がないでもなかった。

それにしても酔いがひどい。アパートに帰り着き、ほとんど崩れるように転がった。

本物の夢を見た。

悪魔が札束を取り返しに来るらしい……。それを予測し、こまかく仕わけをしてあちこちに隠しておいた。音もなく壁の中から黒い男が現われた。

——あいつだ——

黒い半コート、黒いシャツ、黒いズボン、大きな黒帽子……。

「だれだ？」

と尋ねれば、

「悪魔だよ。もう忘れたのか」

わるびれることもなく本性を明らかにする。やっぱり悪魔だったのだ。

「金はないよ」

「もう使ったのか」

「ああ」

「またほしくなったら、呼んでくれ。股の下で手を三回打って、『会いたい』と言えばいい」

「わかった」

ニンマリと笑って壁の中に消えていく。

——なにをしに来たのかな——

ただ様子を見に来ただけだろう。

一瞬、激しい狼狽(ろうばい)を覚えた。

——仕わけをして……どこへ隠したろう——

あんまりこまかく分けたので隠し場所が思い出せない。自分でもわからない。悪魔が忘れさせたのではあるまいか。

机の引出しの、敷き紙の下……。

——あった——

一万円だけ。

——ほかはどこかな——

そのうちにまた眠りが深くなったらしい。

合計四、五時間は眠っただろう。次に目をさましたのは……四時三十二分。頭が痛む。胃が重い。気分がわるい。

——金輪際、酒なんか飲むもんか——

それほど好きでもないのに……。このところ自暴自棄に陥っていた。だから飲んだ。

枕もとのスタンドをともす。布団のわきに脱ぎ捨てられたズボンが、二つの穴をまるくさらしたまま散っている。引き寄せてポケットを探った。

——ある。確かにある——

二センチほどの札束。ゴム輪で留めてある。ホッと一安心。とたんに、ゲブッと胃液が込み上げる。うれしいけれど、だからと言って気分のわるさが退いてくれるわけではない。起きるには早過ぎる。

——もう少し眠りたい——

スタンドを消した。

が、眠りはすぐにはやって来ない。脳みそが澱んだまま一部分だけ興奮しているらしい。

——それにしても、あれ、なんだったのかなあ——

昨夜の出来事を反芻(はんすう)した。

アルバイトのあと、友だちに誘われて一緒に飯を食った。定食屋の天丼とほうれん草のひたし、味噌汁(みそしる)、ビールを一本飲んだ。それから、

「もう一軒だけ」

と言われ、べつな居酒屋で焼酎のお湯わりを一ぱい、二はい、三ばい……。一ぱい目はうまかったけれど、途中から酔いが深くなった。友だちと別れ、一人になってから、もう一軒、アパートからそう遠くない居酒屋に立ち寄ったのはなぜだったのか。店のカウンターに髪のきれいな娘がいて、この前、褒めてやったら、やけに喜んでいた。女の子を褒めるなんて、めったにやらない。ほとんどやったことがない。思いがけない反応に気をよくして、ふと寄ってみる気になったんだ。

そうしたら彼女は休み。

——なんだ、せっかく来たのに——

腹いせにガブガブ飲んだ。

手相の話が始まったのは、その後だ。K自身は占ってもらわなかったけれど、掌くらいは出しただろう。このあたりから記憶が急にぼやけ始める。勘定は、

——わりと高いな——

と思ったが、やけのやんぱち、ちょっとくらい節約したからって楽になる生活ぶりではない。

ユラユラと揺れながら外に出て、もうアパートもすぐそこと思ったとき、声をかけられたんだ。突然現われたような感じだったが、居酒屋からつけて来たにちがいない。それからの会話は……取引きは、さらによくわからない。思い出しても、

——そんなばかな——

否定したくなる。頭のどこかにそんな理性が宿り続けている。

だから……スタンドをつけ、もう一度厚い札束を確かめた。

——まちがいなし——

木の葉っぱに変わってはいない。狐（きつね）に騙（だま）されたわけでもないようだ。突然、ドキンと心臓が鳴った。本当に鳴った。驚くと本当に心臓が鳴るなんて、これまで体験したことがなかった。

——まさか——

と考えたのは、酔っぱらって判断を失い、どこかで金を盗んだのではあるまいか。だれかを襲って札束を奪ったのではなかろうか。黒い男と会ったのは、自分の良心に対するエクスキューズ、都合のいいストーリーを作ってごま化して……夢遊病者なら、そう

いうこともあるらしい。安っぽいミステリー映画で見たことがある。

――しかし、ちがうなあ――

Kには夢遊病のけはない。

それにしても〝チャーミングな手相だ〟なんて、手相のどこに、どんな価値があるのか。あらためて自分の掌をながめ、

――えっ！――

またしても心臓が鳴った。さっきよりもっと強く……。音が聞こえるほどに鳴動するのを感じた。

ない。

掌にない……。筋が、手相が……。右も、左もツルンとしている。掌のノッペラボウだ。

――なぜ？――

譲ってしまったからだ。

たちまち頭の中が白くなった。頭の中もノッペラボウになったみたいだ。

貧血を感じた。気が遠くなるのを必死になってこらえた。一つ、二つ、三つ、深呼吸をして意識の遠のくのを防いだ。

もう一度、ゆっくりと掌を開き目を近づけて見つめた。

――怖い――

今度は得体の知れない恐怖が背筋に込みあげて来て、全身に広がる。なにが怖いのか、それさえもわからない。

怖い……つまり昨夜の出来事がまぎれもない事実だったということ。黒い男がただものではなかったということ。多分、悪魔のようなもの……。そう言えば、うしろ姿になったとき、半コートのすそから紐（ひも）のようなものが垂れていたのではなかったか。あのときは酔ってて気づかなかったけど、

――あれは尻尾？――

そうでなかった、とは言いきれない。いや、確かに尻尾だった。だとすれば、

――本当にいるんだ――

悪魔が……。なんと、それと取引きをしてしまったんだ。

またしても掌を凝視した。

蛙（かえる）のような、という譬（たと）えが正確かどうかはわからない。第一、掌がこんなに大きい蛙なんて、いないだろう。蛙の掌なんかつくづく見たことがないし、ほとんどの人が知るまいけれど、

――蛙みたいだ――

と思ったのは本当だ。全身が蛙になったんじゃあるまいな。

そうではない、と、これはすぐにわかったが、白い掌は見れば見るほど無気味だ。その無気味さの背後に、この世のものではない怪異が潜んでいるみたい……。それがどうしようもないほど怖い。

札束から三枚だけ抜き、残りを広げて布団と畳のあいだに隠したのは、どういう理性の働きだったろう。

ズボンを穿(は)いた。とにかく、

――こうしては、いられない――

外に出て、あの黒い男を捜そう。会ってまともな掌を取り戻そう。とはいえ、

――あの男、どこへ行けば会えるのか――

股の下で手を三度打って「会いたい」と言えば会える……なんて、

――あれは夢の中のことだ――

いたたまれずに外へ出た。あの男と会った酒場へ行ってみようと表通りへ出たとき、

――あ、あの先生――

大学で習っている先生が朝の散歩をしている。いつもとおなじ風景……。そのうしろ姿が見えた。フランス帰りで外国のことをよく知っているらしい。いつかキリスト教のことを話していた。悪魔とキリスト教は関係が深いはずだ。深いにちがいない。よくはわからなかったが、だれかに相談してみたかった。早足であとを追った。ホテルのティ

ールームに入るのを見てヘタヘタと続いた。そして、

「先生」

と呼びかけ、前へ立った。

Kの話を聞いて、私自身、おおよその事情を理解したが、肝腎なところは私にもわからない。

「見せてごらん」

その、蛙のようになったという掌を……。

「はい」

Kは一瞬ためらったが、思い切ったように両腕をグイとさし出して掌を開いた。

「なるほど」

確かに……。のっぺりとしている。白く、筋のない掌が五本の指を伸ばしている。右も左も同じこと……。私も初めて見る光景だった。

Kは情けなさそうに見つめている。

「前はこうじゃなかったんだね」

「はい」

「昨日まで」

「はい」

　そう答えてから遠慮がちに、

「いちいち掌なんか見てませんから。でも、線がなきゃ、やっぱ、気がつくと思います けど」

　と不安そうに呟く。

　言わんとすることはすぐわかった。だれだって自分の掌をことさらに見つめたりはしない。毎朝毎晩ながめたりはしない。だから「昨日はどうだった？」と尋ねられても、正確には答えられまい。でも線が消えていれば、やっぱり気がつく瞬間があるのではないか。むしろ、それをわざわざ言いわけるKの脳みそは、

　——正常に働いている——

　と私は推測した。

　つまり、私自身、

　——この学生、どこかおかしいのではあるまいか——

　話の途中から、そんな懸念を抱いていたからである。

　表情は……高ぶっているがおおむねまともである。口調は……オドオドとして、けっして滑らかではないけれど、特に異常ではない。

　が、私は心理学者じゃないし、精神科医でもない。人の正常と異常を見分ける能力な

んか、常識以上のものを持ち合わせていない。このくらいの様子で異常という人格も充分ありうるだろう。

それに……Kの訴えていることが、つまり悪魔に遭って取引きをしたという話は、明らかに普通ではない。〃学生が百人いれば、一人くらい少しノーマルじゃないのがいる〃とは学内でよく言われていることだ。

——どうしたものかな——

掌は事実、ノッペラボウなのだし、

——これは生まれつきの特徴なのではあるまいか——

医師を訪ねることを勧めようかと考えたとき、近くの席に坐(すわ)っていた例のフランス人が興味を示した。

身を乗り出し、

「どうして彼の掌は白いのか」

と尋ねた。もちろんフランス語である。私はフランス語で答えた。

「悪魔に売ったから」

と呟くと、彼は頬をゆるめて笑った。ジョークと受け取っているらしい。それから真面目な顔に戻って、

「人の掌の線はなにを意味しますか」

と尋ねる。

「人間の運命や性格を意味します。お金が儲かるか、よい結婚に恵まれるか、りっぱな人間になれるかどうか、生命の長さまで刻まれています」

「生まれつき、ですね」

「少し変わるって聞いたこともありますけど、だいたいは生まれつきでしょう」

「それが消えて……まっ白になった？」

「はい」

「結構なことです。悪魔の仕わざなんかじゃありませんよ。すばらしい」

と語気を強めた。

「どうして？」

私はこのフランス人もへんなのではないかと疑った。すると、彼は、

「どういう人間か、どういう人生か、初めから決まっているわけじゃない。人間は自分で自分の人生を選ぶんです。まっ白なまま投げ出され、それから自分で自分を決定していきます。いくつもの道がある。自由の道です。そこから自分の道を選んで創っていくんですよ」

〝選ぶ〟は〝ショワジール〟という。彼はとりわけ鋭くこの言葉を発した。

私なりに理解したのは、手相のようにあらかじめ自分の運命や人間性が決められてい

るのはヘンテコだ、人間はまっ白の状態から自分のあるべき姿を選び、それを決めて選んで生きていくものなのだ、と、老フランス人は、そんな哲学を述べている、ということ……。

「はい？」

もう少しくわしく聞こうとするより先に異変が起きた。

私の坐った位置から窓の外が……街路の一郭が見えたのだが、そこに黒い影が立って中をうかがっている。黒い帽子、黒い服、鋭い目、鷲鼻……。

――悪魔だ――

Kが言っていた男だ。様子をさぐりにやって来たのだ。なんのために、と思うより早く、Kが私の視線の行く方に目を移し、

「あ、待って」

と叫んで立ちあがり、飛び出した。

黒い男は逃げる。Kは出入口をまわって、あとを追った。追いついて話しあおう、捕まえて手相を取り戻そう、と、そう考えたからだろう。

遅ればせながら、私も街路に出て、あとを追っかけた。

そして三十メートルほど先……黒い男が角を曲がって消えたとき、その直前に私は見た。見たような気がした。男の半コートの下から奇っ怪な尻尾のようなものが、先端に

三角がついている黒い紐が翻ったのを……。

が、私が息せき切って角を曲がったときには、かろうじてKのうしろ姿を認めるだけだった。足音だけが遠ざかって行った。

「なんなんだ」

呟いてホテルのティールームに戻った。

フランス人の姿はない。ウェイターが怪訝な様子で見ている。

「コーヒーをもう一ぱい」

私は笑顔で〝たいしたことじゃない〟と伝え、お代りを注文した。

コーヒーを啜りながらKを待った。と同時に、

——あのフランス人——

と、もう一人を待つ心もないではなかった。

だが結局どちらも現われなかった。その後もずーっと……。

Kとは大学のキャンパスで会うこともなかった。受講生の中にそれらしい氏名を捜したが、見つけることができなかった。だからKがどうなったか、知るよしもない。あの白い掌がなんであったのか、それもわからない。

が、初老のフランス人のほうはちがう。〝ショワジール〟という言葉が強く耳に残っていた。

その言葉に思い当たることがあって、私は丸善（まるぜん）で小冊子を買い求めた。フランス語で綴（つづ）られた、やさしい哲学の本……。内容をかいつまんで紹介すれば、

〝人間においては実存が本質に先立つ。たとえばペーパーナイフのようなものを考えてみよう。ペーパーナイフは、どのような機能を持つべきものか、定義が、本質が先に決められていて、しかるのちペーパーナイフとして作られて存在する。人間も神によって、どうあるべきものか、と本質が定められ、しかるのち創られてこの世界に存在するかのように言われているが、それはちがう。人間とペーパーナイフは異なる。人間はただ偶然に世界に投げ出され、まっ白の中から未来に向けて自分で自分を決定する。選んで、存在する。実存が本質に先立つ、と説く所以である〟

ところどころに〝ショワジール〟という言葉が強調されている。人間には、神が決定したものとはちがう自由の道がたくさんあって、その中から〝ショワジール〟するのだ、と、人間の本質とこの世界の関わりが主張されていた。

この小冊子の著者は……もうおわかりかもしれない、二十世紀の碩学（せきがく）J－P・サルトルだ。

そして、あのとき、ホテルのティールームでコーヒーを飲んでいた学者風のフランス人も、同じ人物ではなかったのか。きっと、そう。いくつかの肖像写真をながめると、似ているようだ。因（ちな）みに言えば、昭和四十一年の秋、六十一歳のサルトルは来日して、

あのホテルに宿泊している。私がKと会った頃とみごとに符合している。〝ショワジール〟はサルトルの哲学を象徴する用語でもある。

Kの掌の筋がなぜ消えてしまったのか。くり返して言うが、私にはわからない。おそらくだれにもわかるまい。悪魔との取引きがKという青年の、ただの夢想であった可能性も皆無ではあるまい。充分にありうる。

ならば、私が瞥見した悪魔の尾のような紐はなんだったのか。さらに言えば、Kの掌の筋をかき消したのは悪魔の仕わざだったのか。それとも、あれは、まっ白からのショワジールを、なにも決められていないところから自分の運命や生き方を選ぶことを……つまり人間の真の自由を求める哲学の象徴だったのか、これも私にはわからない。

文中の小冊子の引用はJ-P・サルトル「実存主義とは何か」(『サルトル全集13』人文書院所収)による。原題は〝L'existentialisme est un humanisme〟で、一九四五年の講演を記録したものである。

選抜テスト

敦子（あつこ）は同じ夢を見る。

いつから始まったことか、よくわからない。記憶の遠い部分にわだかまっている屈託らしい。

そうしょっちゅうというわけではない。三年に一度、五年に一度……。だから忘れてしまうのだが、なにかを切実に願っていると忽然（こつぜん）と同じ夢を見て悲哀に包まれてしまう。焦燥し、苦しみ悶（もだ）えて目をさますと、

——あら、この夢——

思い返して愕然（がくぜん）とする。

目ざめたあとの事情もよく似ている。

——あれは、なんなのかしら——

はっきりと思い出せるのは大学受験のとき……。国立の外国語大学に入りたかった。英語科に進みたかった。

敦子自身、さほど優秀というタイプではない。自分でもよく知っている。成績はいつもクラスのまん中を上下していた。引っ込み思案で、おっとりとしている。ぼんやりとしている。体も弱く無理がきかない。根性が足りない。優秀でないのは本当だが、実際の能力より人に低く見られてしまうのも本当だった。

でも、英語は好き。一番得意な学科だった。

——英語を身につけ、颯爽と生きて行けたら、どんなにすてきかしら——

見果てぬ夢を心に描いていた。

幼いときに父を失い、長く母子家庭を続けて来たから、進学は国立でなければ叶わない。それが絶対の条件だった。

でも国立の外語大となると……その英語科となると倍率はいつも二十倍以上。とてもむつかしい。周囲はだれしもが、

——無理よ——

と眺めていた。

敦子の母からして、

——どうせ駄目なんだから受験だけはさせてあげましょ——

と考えていたらしい。

入ったところで奨学金を受けなければ先行きはまっ暗だし、母にしてみれば健康が許

すならすぐにでも就職して早く嫁いでくれればよいと、そう望んでいたのは明白だった。

敦子も充分にむつかしいと考えていた。いくら英語が得意でも可能性は小さい。頼みと言えば、

――去年、信田さんが入っているわ――

先輩の信田さんは特別によくできたわけではない。夏休みに同じ英語教室に通っていたからよく知っている。漢字なんかも結構誤字がたくさんあったりして……国語は強くはないはずだ。ほかの学科も特別できるようには見えなかった。あのくらいの学力でも入ることがあるのなら敦子にもチャンスがあるだろう。皆無とは言えまい。

だから一生懸命に勉強した。この時期は健康にも恵まれ、根性なしのわりには精いっぱい頑張ってみた。

神様にも祈った。

――一生に一度のお願いです。ここで叶えてくだされば、もう生涯願いごとは致しません――

とまで告げた。

ところが、いよいよ明日が受験の日と迫ったとき、おかしな夢を見てしまった。

大きな教室。

大勢の人が机を前にして座っている。机の上には厚い紙の束が置いてある。

開始のベルが鳴った。

みんながいっせいに紙をめくる。敦子も問題に目を走らせる。

——ちがうわ——

勝手がちがう。何ページにもわたってわけのわからないことが書いてある。設問の主旨が理解できない。何を聞かれているのか、何を答えればいいのか、いくら読んでも見当がつかない。

隣の席を覗(のぞ)くと、隣の人も同じ紙の束を前にして困惑している。さかんにページをめくって考え込んでいる。だが、そのもう一つ隣の席の人は「うん」と頷(うなず)き、鉛筆を執って書き始めた。

敦子のほうは……どう読んでみてもわからない。愚にもつかないことが、ただダラダラと書き連ねてある。

〝……犬が西向きゃ尾は東と言いますが、南を向くこともあります。東さんより南君のほうがすてきです。北さんはとてもセクシーだし、西君はお金持ちです。世界に四つしかないのに、みんなが四つずつ持っているのが東西南北です。貧乏人もお金持ちも同じです。差別はいけません……〟

東西南北について、なにか質問が用意されているらしい。でも、わからない。わからない。わからない。

とにかくなにかを書かなければいけない。迷っているうちに時間がどんどんと過ぎていく。

——どうしよう——

まっ白い答案を提出して合格するはずがない。なんでもいいから書くほうがよい。書き賃ということがある。

鉛筆を執った。

ポキンと芯が折れた。

削っているひまはない。

わずかに残っている芯をこすりつけて字を綴(つづ)る。

〝Ｎが北です。Ｅが東です。Ｗが西です。Ｓが南です。ＮＥＷＳ(ニュース)は北から東から西から南から集まってくるものです〟

必死の思いで書いた。

中学一年生のときに教えられたことである。我ながらよいことを思いついたものだ。

——合格するかもしれない——

試験の終わりを告げるベルが鳴る。

答案がサッと集められ、サッと持ち去られた。

——合格しますように——

と、もう一度祈った。

すると、前に立った黒い影がクルリと振り向いて、

「合格したいと願っている人はごまんといるんですよ。お気の毒ですけど、いちいち叶えていたら合格者だらけになってしまうわ。ほんの二、三人ですね」

呟いて立ち去ってしまう。

そこで目をさました。

背筋に汗をかいていた。

——前にもこんな夢を見たことがあるわ——

ぼんやりと感じた。

試験当日は精いっぱい頑張ってみたけれど、結果は夢が暗示した通り、敦子は二、三人の枠には入らなかった。合格はならなかった。

敦子は大学には進むことができず福祉団体の職員となった。万一病気になったときの保障があつい。身分も安定しているけれど仕事は退屈である。日々の生活に明るい希望が持てない。あい前後して母の健康が悪化し、父の死後ずっと励んで来た保険会社の仕事も休みがちになった。敦子の責任が重くなる。なんの考えもなく生きているわけにはいかない。

「若いうちがいいわよ」

と、知人に勧められ、坂木順一郎と見合いをした。

「先方はすっかりお気に入りよ。あなた、おっとりして反抗的じゃないし……。よい縁だと思いますわ」

「でも体があんまり丈夫じゃないから」

「体なんか結婚すると変わるものよ」

「ええ……」

母はおおいに乗り気だった。自分の命の短さを知っていて娘を早く落ち着かせたかったのかもしれない。

「女は一人で生きていくわけにいかないのだし」

「ええ……」

条件だけを並べれば、確かにわるい縁ではない。順一郎はそれなりの大学を出て、それなりの企業に勤めている。容姿も特にわるくはない。二人姉弟で、お姉さんはすでに嫁いで名古屋へ行っている。父を早く亡くし今は母一人息子一人の生活だ。

――お義母さんがむつかしい人だと困るわ――

とは思ったが、仲介者は、

「お母様があなたを気に入っているのよ。これ以上の縁は滅多にありませんよ」

と、口を極めて説得する。強く言われれば心が傾いてしまう。それでも、

「ぴんと来ないところがあるから」

と抗ったが、

「見合いってそういうものよ。だんだん知り合ってよくなるのよ」

「ええ……」

昨今の若い女性なら、もう少しましな分別があったろう。自己主張が強かったろう。

敦子は確かに世間知らずのねんねだった。

──どうして私なのかしら──

とは思ったし、思ったのなら相手方の意図を疑ってみるべきだったろう。向こうはもっと条件のよい娘を望んでもよさそうな家庭だったのだから……。

敦子が戸惑っているうちに、とんとんと話が進み、結婚が決まった。あとはもう神頼みしかない。ひたすらよい結婚であることを祈った。

──一生に一度のお願いです。ここで叶えてくだされば、もう生涯願いごとは致しません──

とまで告げた。

すると……その夜、夢を見た。

大きな教室。

大勢の人が机を前にして座っている。机の上に厚い紙の束が置いてある。試験が始まるらしい。よい結婚ができるかどうか、その運命もテストで決めるらしい。

——そんな馬鹿な。関係ないじゃない——

ペーパーテストなんかで、決められたらかなわないと思ったが、開始のベルが鳴る。ぐずぐずしてたら大変だ。

みんながいっせいに紙をめくる。敦子も問題に目を走らせる。

——ちがうわ——

勝手がちがう。何ページにもわたってわけのわからないことが書いてある。設問の主旨が理解できない。せめてもう少し結婚と関係のあるテストであったらいいのに。何を聞かれているのか、何を答えればいいのか、いくら読んでも見当がつかない。

隣の席を覗くと、隣の人も同じ紙の束を前にして困惑している。さかんにページをめくって考え込んでいる。だが、そのもう一つ隣の席の人は「うん」と頷き、鉛筆を執って書き始めた。

敦子のほうは……どう読んでみてもわからない。愚にもつかないことが、ただダラダラと書き連ねてある。

〝……狐(きつね)の嫁入りはから傘をさして行きます。から傘がないときは中止です。シャンシャンと森の中で鈴が鳴ります。そこは品川(しながわ)区の鈴ケ森(すずがもり)です。狐が死体を食べてます。大

きな口が耳もとまで裂けてます。見てはいけません……〃

お嫁入りの習慣について、なにか質問が用意されているらしい。でも、わからない。

わからない。わからない。

とにかくなにかを書かなければいけない。迷っているうちに時間がどんどんと過ぎていく。

――どうしよう――

鉛筆を執った。

ポキンと芯が折れた。

もう一本を執った。

またポキンと芯が折れた。安い鉛筆はやっぱりよくない。安売り店で買う品はみんなどこかに欠陥がある。これからは気をつけよう。

三本目を執って芯が折れないよう気をつけて書いた。

〝狐の嫁入りがあると、から傘がよく売れます。傘張りの仕事が増えて浪人の失業率が下がります。それまでは辻斬(つじぎ)りをやっていたのです。見つかると鈴ヶ森で処刑されます……〃

必死の思いで綴った。

幼いときに映画で見た。浪人は傘張りの仕事がなくなると、辻斬りをやらなければいけない。侍の妻は夫がなにをしているのか不安でやりきれない。

――そのことを書けばいい――

この答案は結婚生活と関わりがあるだろう。我ながらよいことを思いついたものだ。

テストに合格して、

――よい結婚を授けられるかもしれない――

試験の終わりを告げるベルが鳴る。

答案がサッと集められ、サッと持ち去られた。

――うまくいきますように――

と、もう一度祈った。

すると、前に立った黒い影がクルリと振り向いて、

「よい結婚を願っている人はごまんといるんですよ。いちいち叶えていたら、よい結婚だらけになってしまうわ。ほんの二、三人ですね」

呟いて立ち去ってしまう。

そこで目をさました。

背筋に汗をかいていた。

――前にもこんな夢を見たことがあるわ――

はっきりと思い出した。

確か……大学受験のとき。あのときは正夢になってしまった。

——今度もそうかしら——

わるい予感を覚えたけれど、強くは信じられなかった。ほかの人に話すのは恥ずかしい。笑われるのがおちだろう。

結婚式は厳粛に挙げられたけれど、結果は夢が暗示した通り、敦子は二、三人の枠には入らなかった。よい結婚にはならなかった。

もとより結婚生活は入学試験のように結果のよしあしがすぐにわかるものではない。ただ……新婚当初からなんとなく腑に落ちないものを感じたけれど、しばらくの間は、

——こんなものなのかしら——

と、迷っているのが普通だろう。

が、次第に、少しずつ耐えがたいものを感ずるようになる。

夫の順一郎は、初めに見た通りの人物らしい。特にわるくはない。生活はまっとうで、酒もタバコもギャンブルもやらない。女性関係もふしだらとは思えない。朝八時に出勤し、夜は「お母さん、ただいま」六時までにはきっかりと帰って来る。つまらないほど真面目に働いて従順に生きている。

問題は義母のほう。義母は色白で、上品な顔だち、一見したところでは優しい人柄に

映るが、それは外づらだけのこと。内づらは充分に厳しい。まず底意地がわるい。奸智にたけている。脅したりすかしたり皮肉ったり、弱い者を巧みに操る。そして、この家では敦子は明白に弱い者に分けられているのだ。

女中のように使われる。いちいち文句を言われる。蔑まれる。なんの立場も与えられない。家計からして義母がいっさいを握っている。百円の金銭も敦子の自由にはならない。順一郎の月給は銀行に振り込まれたのち全て義母の管理下に置かれてしまう。順一郎の妻には無縁である。

「変だわ」

と夫に訴えても、

「うちの方針なんだ。俺もお袋にまかせているんだから」

と、取りあってくれない。敦子にはなんの権利も委ねられない。

こんな事情を人に話したら、

「今どき、そんなこと」

と笑われてしまいそうだが、けっして誇張ではない。一事が万事この調子だ。うかうかしているうちに少しずつ奪われ侵入され、気がつくと大切なものを根こそぎ損われている。

たとえば結婚して十日もたたない頃、

「敦子さん、あなた、持参金はいかほど持っていらしたの？」

上品な口調で、あからさまに尋ねられた。

育ったのは母一人子一人の家庭なのだ。持参金などあろうはずがない。そのことは仲介者の口を通してはっきりと告げてあったはずだ。敦子はすっかりうろたえてしまい、

「そんなもの、ありません」

引けめを感じながら、おどおどと答えた。

「あら、そうでしたの」

「そのことは……」

「いいの。そうだと思っていましたから」

「すみません」

とたんに白い顔が「フフフ」と笑った。この笑いがわけもなく無気味である。

「でも、お財布の中には私の知らないお金がありますわね」

「えっ？」

「三万円くらいかしら。調べたんじゃないのよ。あなた、水屋の上にお財布を置き忘れていたでしょ。無用心だからしまっておきましたわ」

「すみません」

「よくは見なかったけど大きなお札が何枚かありましたわねえ」

「はい。OLをやってましたから」

少しは貯えがある。

「隠しているのね、持参金はなにもないって言いながら」

「いえ。そんな……」

持参金と呼ぶほどの額ではない。

「おいくら？」

「ほんの少しです」

「やっぱり隠すのね。お嫁さんがお金を隠していて自分のためにだけこそこそ使われたんじゃ家族の信頼が作れないわ。ちがいます？」

「でも少しですから」

「どんなに少しでも家の一大事にはやっぱり助けてもらわないとねえ」

「もちろんです。でも恥ずかしいほど少ないんです」

「だから、いくら？」

「三十万円くらい」

「りっぱなお金じゃないの。それだけ？」

「はい」

「じゃあ、通帳を見せてくださいな」

やむをえず通帳を見せてしまった。

「これ……」

「あら、三十八万円もあるじゃない。無用心だから預かっておきましょうね」

ポンと通帳を手金庫の中へ放り込まれてしまった。開け方は義母しか知らない。

それから何日かたって街のショウ・ウインドウに手ごろなセーターを見つけ、

「あの、お預けした通帳ですけど……」

と言い出せば、

「なんに使うの？」

「普段着によさそうなセーターを見つけたものですから」

セーターもほしいが通帳も取り戻したい。

「セーターなら家計のうちでしょ。遠慮なく家計から使ったらいいでしょ」

「でも……」

買い物の費用は、なににいくら、なににいくらと決められた額を渡され、ゆとりはほとんどないに等しい。現実問題としてセーターの代金など捻出できないし、何千円も使ったらあとが怖い。どんな嫌味を言われるかわからない。

結局、敦子の預金通帳も義母の管理の下に奪われてしまった。

家事は炊事も掃除も洗濯も全て敦子に委ねられている。しかし監視だけは義母が手厳しくおこなう。もともと体の弱い敦子だが、生理のときなどは本当につらい。実家では三日間くらい寝込んでいたのだった。

しかし、不調を訴えると、

「あら、深窓のお嬢さんみたいねえ」

と、白い笑いが飛んで来る。

詰まるところ、

――ただで雇える女中がほしかったんだわ――

と考えざるをえない。体が弱いから結婚して早く安定した立場を得たいと目論んだのは見事に外れた。企みの深さは義母のほうがずっとたけていた。

結婚して一年後に敦子の母が死んだ。

「あなたも弱いたちだから。気をつけてね。先に行って待っているわ」

と、それが最期の言葉となった。もう近しい肉親はだれもいない。敦子がしみじみとそのことを悲しんでいると、義母がかたわらで、

「生きるって悲しいことねえ」

いつになくしんみりと囁くものだから、

「本当に」

思わず膝にすがって泣き崩れたいほどの感激を覚えたが、これはやはり敦子の勝手な

思い入れだったろう。

　義母はおもむろに、

「これで、あなたも帰るところがどこにもなくなったわね」

「はい」

「追い出されたら、どうします？」

「…………」

「風俗で働く？」

「…………」

「あなたの体じゃ無理ね。胸なんかなんにも膨らみがないんだから」

　一緒にお風呂に入ったことさえ後悔してしまった。

　母がいなくなってから、義母の仕打ちはさらにひどくなったような気がする。

　——どうせ逃げ場はないんでしょ——

　そんな思惑があらわに感じられるようになった。

　確かに守ってくれる人はいない。逃げて行く先はないのだ。女一人で生きるなんて
……とても勇気が湧かない。敦子自身、母の死を追うようにして自分の健康が好ましくないことに気づいていた。夫を頼ればよいのだが、あい変わらずまるで頼りにならない。

　——わるい人じゃないんだけど——

ただ、母親の言いなりになっている。だから望みと言えば、

——子どもが生まれれば、また事情もおのずと変わってくるだろう——

そこに期待をかけてみたが、一年たっても一年半たっても妊娠のきざしがない。

義母は確実に弱点を攻めて来る。

「産まない女は嫁の資格がないわねえ」

はっきりと詰(なじ)られるようになった。

二年を越えると敦子自身も悩まずにはいられない。

——順一郎さんの体は大丈夫なの——

と言いたいが、うっかり漏らすと、

「順一郎に欠陥があると言うの！」

ヒステリックな反発が必至だろう。なんであれ順一郎について非難めいたことを言うのは最大のタブーなのだ。

——私の体が弱いのは本当だし——

敦子のほうも診断を受ける自信がない。産めない女とわかれば、どう扱われるか。

言い分を捜すとすれば、

——私、そんなに愛されていないわ——

これは本当だ。

とはいえ、この点については不明なことが多過ぎる。どれほど愛されたら子どもができるものか、敦子には正確な知識がない。世間にはハネムーン・ベビーということもあるらしいが、やはり愛の頻度と子どもの誕生は関わりが深いだろう。ろくに愛されなければ、生まれる確率はその分だけ小さくなる。

それよりももっとわからないのは、夫の心だ。夫はともかく義母の心の中だ。本当に孫を欲しがっているのかどうか。

年寄は孫を欲しがるものだし、義母の場合も言葉だけを聞いていると孫が欲しいのだとは思う。

だが……その心情にはほんの少し納得のいかない気配がある。もどかしいけれど、敦子には靄がかかって見えにくい部分がある。

――どうなのかしら――

とこうするうちに敦子の健康状態が急速に悪化した。心労が拍車をかける。

――母と同じ病気だわ、きっと――

はっきりと自覚症状を覚えるようになった。着実に病気が進んでいる。ともすれば気分が捨て鉢になる。

――お母ちゃんは〝待っている〟って言っていたし――

弱気になってしまう。義母のほうはますます強気になって、

「体はきかないし、子どもは産めないし、ろくなものじゃないわね」

元気なときにはなんとか耐えられた言葉もピリピリと胸を刺すようになる。本当に胸が痛む。

ついに入院をした。

ベッドに横たわり、今さらのように思案をめぐらした。看護師のちょっとした言葉で、さながら目から鱗が落ちるように見えないものが見えて来た。

「おたくのお義母さんとご主人、異常に仲がよろしいわね」

看護師は上目使いで意味ありげに言う。

「ええ」

仲がいいのは本当だが……それだけではないのかもしれない。いや、確かにそれだけではない。疑ってみれば、合点のいくことがいくつもある。

新婚の頃から、そっと寝室を覗かれているような気配があった。敦子に内緒で母子二人そっと温泉へ行ったりする。自分と息子の絆を深くし、敦子を夫から引き離そうとする。まったくの話、義母は敦子が夫と睦み合うことを嫌悪していた。「孫がほしい」と言いながら、夫婦の親しさを認めたくない。ひどい仕打ちも、よく考えてみれば強い嫉妬の現われだろう。

——義母と夫がただならない関係だなんて……そんなこと、あるはずがない——

今でも信じられないけれど、それは敦子がお人好しで、ぼんやりで、天から疑いを持たない質だから気づかなかっただけのこと、世間には全く例のないことではないらしい。その気で眺めれば、おのずと見えてくるはずだ。

おそらく係累が少なく、若くて世間知らずの娘を嫁に選んだのも、ちゃんと狙いがあってのことだったろう。つまらない嫁のほうが義母の立場は守られる。「お母さんのほうがいい」と息子は思い続ける。はっきりと言えば、愚かであることが敦子の長所であったと言ってもよいだろう。世間体をとりつくろい、夫婦は形だけ、家事にこき使い、子どもでも産んだら、適宜いなくなってほしい、と、それが義母たちの魂胆ではなかったのかしら。

悔しいけれど、敦子自身、相手が望む条件を満たしている。体が弱いことさえ望ましい条件の一つだったのかもしれない。

――よくもまあ、馬鹿にしてくれましたわねえ、お義母さん――

病が悪化するにつれ日夜激痛が走るようになり、死さえも覚悟したが……正直なところ苦痛の激しさに精も根も尽き果てて、

――お母ちゃん、すぐ行くからね――

死を望みさえしたが、義母から受けた屈辱を考えると、死んでも死にきれない。

――お義母さん、恨みます――

もう一度、元気を取り戻し、なにかしら報復を加えなければやりきれない。敦子はおぼろな意識の中で必死に願った。神様にも祈った。

――今度こそ本当に一生に一度のお願いです。ここで叶えてくだされば、もう願いごとは致しません――

すると、やはり、おかしな夢を見た。

大きな教室。

大勢の人が机を前にして座っている。開始のベルが鳴り、問題用紙にはあい変わらずへんてこなことが書いてある。

〝……病は木からと言います。窓から見える木を伐りましょう。青空が見えます。雲は天才です。天才は忘れた頃にやって来ます。特効薬も忘れた頃に発見されます……〟

病気について聞かれているのだろうか。何を答えてよいかわからない。

とにかく鉛筆を執った。

今日はよい鉛筆を買っておいたから芯が折れたりしない。

〝看病と仮病も病気のうちです。どちらも楽ではありません。看病で死ぬ人もいます。でも仮病は治ります。清ちゃんはリレーの選手になりました〟

必死の思いで綴った。

小学生の頃、隣の清ちゃんは仮病を使ってずる休みばかりしていた。でも本当は丈夫で足も速かった。

――そのことを書けばいい――

この答案は病気と関わりがあるだろう。我ながらよいことを思いついたものだ。

――病気が治るかもしれない――

試験の終わりを告げるベルが鳴る。

答案がサッと集められ、サッと持ち去られる。

――うまくいきますように――

と、もう一度祈った。

すると、前に立った黒い影がクルリと振り向いて、

「希望者はごまんといるんですよ。病気を治したい人なんか……お気の毒ですけれど、いちいち叶えていたら、治った人だらけになってしまうわ。ほんの二、三人ですね」

呟いて立ち去ってしまう。

そこで目をさまし、

――お義母さん、恨みます――

脳裡が白くなり、意識が遠くなった。

またしても大きな教室だ。大勢の人が机を前にして座っている。問題は、案の定、チ

ンプンカンプン。

——関係ないじゃない——

このテストに合格すると、どうして願いが叶えられるのか、さっぱりわからないけれど、それが昔からのルールになっているらしい。ぐずぐずしていたら落第してしまう。

思いつくことを必死に書き綴った。うまく書けた。

——願いが叶うかもしれない——

すると黒い影がクルリと振り向いて、

「希望者はごまんといるんです。恨みを抱いて死ぬ人なんか……。お気の毒ですけれど、いちいち叶えていたら世間はもののけだらけになってしまうわ。ほんの二、三人ですね。お岩(いわ)さんとか、ハムレットのお父さんとか」

呟いて立ち去ってしまう。

確かに恨みを抱いて死ぬ人に比べれば、幽霊の数は圧倒的に少ない。この選抜テストのむつかしさは二十倍どころではあるまい。敦子の願いは今度も無理らしい。

母は愛す

元日の朝。快晴。

水穂（みずほ）はいつも通り七時前に起きて雨戸を開けた。

青空に銀を光らせて飛行機が飛んで行く。

――晴雄（はるお）はどうしているかしら――

と思った。

一人息子の晴雄は年末年始の休暇を利用してハワイへ行っている。ついこのあいだ、新婚旅行でスイスへ行ったばかりなのに……。

――新年くらい、ゆっくり休んだらいいのに――

と、水穂は思わないでもなかったが、若い人には、こんな考えは通用しない。嫁の裕（ゆう）子（こ）と一緒にいそいそと出かけて行ってしまった。

「しょうがないわねえ」

だれに言うともなく呟（つぶや）いてから窓を閉め、仏壇の前に座った。

古いご飯を捨て水だけを替えた。鈴を叩き手を合わせて拝んだあと、

「とうとう一人になりましたよ」

と、今度ははっきりと亡夫の遺影に訴えた。

去年の十月、晴雄が結婚をして家を出て行った。水穂にしてみれば、初めて一人で迎える新年である。

十一年前に夫が急死して以来、ずっと息子と二人で暮らして来た。高校生、大学生、社会人……成長する息子を、さながら若い夫のように遇して育てた。

それが急にいなくなってしまって……ぽっかりと穴が開いたような寂しさは否めない。

結婚が決まったとき、

――これからどう暮らすつもりなの？――

つまり、母親と一緒に暮らすのかどうか、それがまっ先に水穂の心にのぼったが、すぐには言い出せなかった。そんな心理を察したのかどうか、晴雄が、

「四谷あたりにマンションを捜すよ。２ＬＤＫかな。ユッコの会社にも近いし……」

軽々と言ってのけた。

母親に向かって、許婚者を〃ユッコ〃などと、ひどくなれなれしく呼ぶのも腹立たしかったが、いつのまにやら、その〃ユッコ〃との間で相談がきっかりと決まっていたらしい。水穂が希望を述べられるような雰囲気ではなかった。

「ここを出るのね」

「うん。結婚生活がペースに乗ったら戻って来るよ。それまで、お母さん、少し寂しいだろうけど、頑張って」

いったい、いつ戻って来るつもりなのかしら。おおかた孫でもできて、人手がほしくなった頃ではあるまいか。

否(いや)も応もない。それから一、二カ月、次々に既成事実が提示され、あわただしい結婚の儀式が終わると、

「じゃあね。ときどき顔を出すから」

「お義母(かあ)様も、お遊びにいらしてください」

二人は肩を寄せ合い、嬉々(きき)として立ち去って行ってしまった。水穂が亡夫の遺影に愚痴をこぼしたくなるのも無理がない。

が、すぐに頭(かぶり)を振って、

「あの人たちは、あの人たちでやればいいのよ。ね、そうでしょ」

自らを慰めるように言って薄笑った。

夫が生きていたら同じことを告げたにちがいない。そういう考えの人であった。

若い人たちは勝手気ままに生きている。よくもわるくも、それが時代の風潮なのだから、今さら水穂一人が叫んでみてもどうにもならない。やがて若い人たちが年を取り、

次の世代と共に暮らすようになったとき、

――大丈夫なのかしら――

心配はあるけれど、そのときはもうとうに水穂は死んでいる。そこまで気に病むことはあるまい。

それに……水穂は五十三歳。まだまだ老い込む年齢ではない。充分に若い。工務店の会計係を務め、細々ながら自力で生きている。夫に早死されたときは、ただひたすら晴雄を育てることだけを考え、

――この子が一人前になるまで――

と念じ続けたが、もうその宿願は立派に果しおおせたのだ。これからは心置きなく自分の人生を楽しめばよい。いつまでもいじいじと息子にかかずらっていることはよくない。

――あっちはあっち、こっちはこっち――

むこうが母離れを画策しているのなら、それこそ物怪（もっけ）の幸いではないか。こっちは子離れだ。

加えて、水穂の胸中には、

――お姉ちゃんのようにはなりたくない――

と、この思いが強く蟠踞（ばんきょ）している。身近によくない例があるのだ。

姉のところには子どもが三人いるけれど、男の子は太郎一人だ。姉は、この息子を溺愛して育てた。目をかけ、手をかけ、この世で一番大切なものとして育ててあげた。太郎が成人してからも生活のすみずみまで気を配り、いちいち面倒を見ていた。

だから水穂は言ったことがある。

「お姉ちゃん、子離れができていないわ。太郎ちゃんも気の毒」

たしか太郎が大学生になり、一人暮らしを希望したときではなかったか。

「あら、そんなことないわ。結構自由にさせているわよ」

「そうかしら」

「そんなこと言ったら、あなただって晴雄ちゃんべったりじゃない」

「うちはまだ中学生だから」

「うちだって今のうちだけよ。早く結婚でもして、どこかへ行ってくれれば、せいせいするのに。いつもそう思っている」

「よく言うわ」

少なからず疑っていたけれど、案の定、口ほどにはうまくはいかなかった。

太郎の結婚は第一歩からつまずいた。姉は太郎のガール・フレンドにいちいち難癖をつけていたらしいが、いよいよこの人が本命らしいとわかると、

「ああいう人、お母さんは好かないわ」

座り直して異を唱えたらしい。

「どうして？　俺が好いてんだから、いいだろ」

「よい家庭が作れるかしら、あの人に」

名前は都と言って古風だが、ばりばりのキャリア・ウーマン。大学出で、器量も家柄もわるくない。人柄も明るいが、おとなしく家庭を守るといったタイプではないようだ。姉にとって御しやすい相手ではあるまい。

「奥さんが家にいて、せっせと家事をやっているのだけがいい家庭とは言えないよ」

「でも、あなたには向かないわ」

「それは俺が決めることだよ」

「長男の嫁なんだし、いずれお母さんたちも面倒を見てもらわなくちゃならないんだから」

「そういうことは二義的だよ。そのときになって誠実に対応すればいい。長男の嫁だなんて……古いよ」

「古くても大切なことは、大切なの」

姉の反対にも拘らず太郎が自分の意志を貫いたのは……立派と言えば立派だった。

婚約が決まったときに、

「頑張ったじゃない。偉いわ」

と、水穂は甥の努力をねぎらった。

「お袋？　だれを連れて来たって駄目なんだから」

太郎はしきりに首を振っていたが、なかなか賢い。本筋を見抜いている。好みの差はあろうけれど、煎じ詰めれば、姉の場合、太郎が他の女性に取られるのが我慢できないのだ。だから、だれを連れてきたって、よくない。太郎は身に沁みて、そのことを感知していたにちがいない。

都さんは……水穂の見たところ、まあ、わるくはない。条件は揃っている。ただ、昔風のよいお嫁さんではないだろう。芯のしっかりした強い女だろう。だから姉に言ってやった。

「太郎ちゃんもお姉ちゃんに育てられたから、やっぱり相手は頼りになる強い女がいいと思ったんでしょ、きっと」

「それって、なんだか太郎が頼りないみたいな言い方ね」

「そうじゃないわよ。太郎ちゃんは賢いわ。ちゃんと考えてる。それに、家庭って奥さんが強いほうがうまくいくものでしょ」

「でも、都は私たちのこと親だと思っていないところがあるんだから」

「今はみんなそうなんじゃない」

ご多分に漏れず、太郎がどこに住むか、まずこの点が問題になった。姉のところでは、

太郎の妹が二人、嫁がずにいたから、新婚夫婦の別居は初めから決まっていたらしいが、新居の候補地として姉の家の近くは、

「あのへん、マンションを借りても高いからな」

若夫婦は、適当な理屈をつけて都の実家の、すぐそばを選んでしまう。そのくせマンションの頭金はちゃっかりと姉のところから持ち出している。なんだかんだと言いながら姉が甘い顔を見せたにちがいない。

それでも最後のところでは姉は夫に下駄を預けて、

「いいんですか、こんなことで」

と、義兄に対しても文句を言ったらしいが、義兄は口を挟まない。もともと太郎のことは姉に任せきりで……と言うよりも、口を出すとうるさいから言いなりになってきた。今さら母子のトラブルに介入したくはないのだろう。面倒なことは嫌いな人である。眼に見えるようだ。

それからは、いくつ悶着が起きたことか。その都度電話が掛かって来る。細かいことまでは覚えていないが、水穂も随分と姉の苦情を聞かされた。

姉の言い分を一方的に聞かされるのだから、都がひどく無神経で、道理をわきまえない嫁に聞こえるけれど、これは相当に割引をして考えなければなるまい。

それに……姉の言うことが全て本当だったとしても、

「都さんは親と子は別って、そう考えているのよ」

根本が食いちがっているのだから折り合うのはむつかしかろう。

「私だって、別だと思っているわよ。思わなきゃ、やってられないわ」

「でも、現に長男の嫁とか、高津家へ入ったとか、そういう考え、彼女には毛頭ないんじゃない」

「長男の嫁なんだし、戸籍だって高津家に入ったわけでしょ」

「それは形式よ。外国人なんか、あっけらかんとしてるじゃない。親は親、子は子って……」

「そんなふうに育てたつもりはないわ。まるで別々じゃ悲しいわよ。なのに太郎まで、このごろ他人行儀になってしまって……まるっきり都、都、都、都さまさまなんだから」

「夫婦円満で結構じゃない」

「あなた、他人事だと思って、いい気なもんね。今に晴雄ちゃんがお嫁さんをもらったときに……」

「ううん。私は平気。覚悟はできているわ」

姉の態度を見るたびに、

――ああはなりたくない――

いつもそう思って来た。

まったくの話、今節は〝親は親、子は子〟なのだ。それが時代の流れなのだ。昔へは戻らない。流れに逆らっても詰まらない。むしろ上手に流れに添って泳ぐことが大切なのだ。

――立派に育てるだけで充分――

そのお返しを期待してはいけない。いずれにせよ過度の期待は禁物。期待が大きければ大きいほど失望が大きくなるだけのことなのだ。

だから水穂はたった一人の息子の結婚に対しても、充分に寛大であった。我ながらしみじみそう思う。姉に比べれば、どれほど進んで譲歩したことか。

勿論(もちろん)、気分はけっして安らかではなかった。

姉には、まだ他に娘が二人もいる。夫だって健在だ。

――私には、晴雄のほかだれもいない――

その、たった一つの宝物が自分から去って行くのを耐え忍んだのである。

――偉い――

自分で自分を褒めてやりたい。

それにしても、

――今年はどんな一年になるのかしら――

案じながら仏壇の前を離れて、新年初めての朝食の支度にかかった。

黒豆は丹波の一級品を取り寄せて暮れのうちから甘く煮込んでおいた。田作も煮干しを丁寧に炒って飴をかけた。昆布巻は、昔は自分で作ったこともあったが、ここ数年はずっとデパートの正月用品売場で揃える。ほかに栗金団と蒲鉾。輪島塗りのお盆を出し、その上に形よく並べて前菜とする。お屠蘇を酌み、正月料理を食べるのが年来の習慣である。

夫が生きていたときは、テーブルの上に三枚のお盆を並べた。死んでからも、やはり三枚作って、一つを仏壇に供えた。長い間、そんな習慣が続いていた。

今朝もとりあえずお盆を三枚取り出してみたが、

——晴雄のぶんはどうしようかしら——

仏様のお膳と一緒に、生きている人のお膳を供えるのは、なんだか縁起がよくない。ハワイで事故に遭ったりしたら大変だ。

結局、二枚だけ作って、一つを仏壇に上げ、一つを水穂自身のものとした。

一人で酌むお屠蘇……。

一人で突く正月料理……。

これからはずっとこんな生活が続くのだろう。

お雑煮は鶏肉と三つ葉だけ。淡泊な味が身上である。

その代り、お煮つけを丹念に作って三箇日を賄う。椎茸、蒟蒻、里芋、人参、牛蒡、莢隠元、筍……素材を一つ一つ丁寧に下拵えして皮つきの鶏肉と一緒に味が染み込むまで煮込む。

夫の好物であった。

年賀の客があれば重箱に入れて肴とした。ご飯のおかずにもよい。

結構、手間のかかる料理だから、夫の死後は少し手を抜いたが、

「今年のお煮つけ、まずいね」

晴雄に見破られ、翌年からはまた初心に返った。すると、

「おいしい」

だって。こんなことも遺伝するのだろうか。晴雄も好きである。大好物と言ってもよい。言ってみれば、家庭料理の極めつき。外食では似たようなものがあっても、本当によい味のお煮つけは少ないだろう。

つい一週間前に、なんの考えもなく暮れのデパートで材料を買い込み、いつも通り中鍋で一杯、作ってしまった。が、今年は舌鼓を打って食べてくれる人がいない。いくら味の染み込んだほうがうまいお煮つけでも、三箇日が過ぎてしまっては味が落ちる。

――里芋がちょっと固かったかしら――

仕方なしに水穂は、これも一人でせっせと口に運んだ。

テレビをつけると、なんとか言う芸人が二人揃って、

「おめでとうございます」

「おめでとうございます」

傘の上で毬を廻したり枡を廻したり、首尾よく成功するたびに賑々しく叫びあってい
る。正月にふさわしいけれど、たわいない。

チャンネルを変えたが、若いタレントが饒舌を揮うばかりで楽しめない。晴雄が育
つときには寸劇のドタバタをたっぷりと眺めさせられたが、今はもう食傷気味だ。

テレビを消した。

ふと壁のカレンダーに視線が移る。

——厭だわ——

まだ表紙をつけたままぶら下っている。

毎年、除夜の鐘を聞きながら剝がしたものだった。それも新年を迎える行事の一つだ
った。

たった一人の正月ということで心が弛んでいたらしい。些細なことだが、張りを失っ
ている証拠かもしれない。

急いで立ち上がり、ピリッと勢いよく表紙を切り落とした。

ひと月分の数字だけが並んでいる白いカレンダー。日曜日が赤、土曜日が青、余白が

多いから書き込みができる。

——うふふ——

心の中で笑った。

恥ずかしいような、なつかしいような、微妙な感覚が心にのぼってくる。

遠い日の記憶が甦(よみがえ)った。

あれも元旦の習慣だったろう。はっきりとは思い出せないが、二十歳(はたち)の頃から始めて結婚をする頃まで。途中でやめたこともあったけれど……。

水穂はきっかりと三十日周期の生理だった。ほとんど狂わない。だから年の始めに一年の予測がつく。それを、そっとカレンダーに記しておくと、旅行や会合など、自由に日取りの選択のできる計画には便利だった。

すっかり忘れていたが、それも当然のことだろう。

——閉経なんて、厭な言葉ね——

去年の春が最後だったかしら。おかしな思案をめぐらしたとき電話のベルが鳴った。

「もしもし」

「明けましておめでとうございます」

姉の声だ。

「あら、おめでとうございます」

「どういうお正月？　晴雄ちゃん来てるの？」

「とんでもない。仲よくハワイへ出かけて行ったわ。おかげで静かなお正月よ。おたくは？」

「最悪。去年の暮れに都さんが大事な仕事があるとか言ってフランクフルトへ行ってしまったのよ。私、ちっとも知らなかったんだけど、留守のあいだに太郎が熱を出してしまって……」

「風邪？」

「悪性のインフルエンザ。一時は四十度近い熱があったのよ。暮れの二十六日に、どうにも苦しくて電話をかけて寄こしたから、私、びっくりして駈けつけたわよ。目を白黒させて唸ってるだけ。二、三日、なんにも食べてないし、氷枕ひとつ、ないじゃない。病院に連絡するやら冷却枕を買ってくるやら、眠らずに看病をさせられたわよ。おかげでお正月の用意どころじゃないわ」

　電話口でこぼしているけれど、姉は欣喜雀躍として看病に励んだのではあるまいか。姿が眼に浮かぶ。

「で、もう平気なの？」

「さあ、どうかしら。三十日の夜遅くに都さんが帰って来て〝はい、もう後は大丈夫ですから、お義母様もお正月の支度でも〟だって。遅いわよ。デパートに走っても残り物ばっかり。ああ、疲れた」

「お義兄さんは？」

「元旦からゴルフ」

「じゃあ、寝正月を決め込んでいればいいじゃない」

「そのつもり。でも明日は紀子たちが、明後日は尚子たちが来るって言うし」

姪たちは、それぞれ結婚して近郊に住んでいる。

「賑やかでいいじゃない」

「あなたのところ、なにか作った？」

お煮つけは余るほど作ったけれど、姉のところへ届けるのも取りに来られるのも気が重い。どうせ姉は、息子たち夫婦がどれほど利己的か、思い遣りが足りないか、たらたらと文句を並べるにちがいない。都さんについての非難は当たっているところもあるのだろうが、聞いていて楽しい話題ではない。都さんの弁護も、姉のお守りも正月早々気が進まない。

「なんにも作らなかったわ」

と答えた。

「そう。もういいわよね、おたがいに。晴雄ちゃんたちもマイ・ペースなんでしょ」

「あっちはあっち、こっちはこっち。私、初めから達観してるから」

「それが一番。このあいだ、おもしろい言葉を聞いたわ。母親が二十年かかって男の子を一人前に仕上げると、別な女が来て二十分で馬鹿者に変えてしまうんですって。あなたのところも、そうなんじゃない？」

勝手に推測されるのは愉快ではない。晴雄たち夫婦には至らないところがあるけれど、それを姉に揶揄（やゆ）されることはない。水穂は鼻白んだ。

「私もおもしろい言葉を聞いたわ。子どもは十歳までに全ての幸福を親たちに味わわせてくれるんですって」

「どういうこと？」

「そのくらい子育てはすばらしいってことでしょ。十歳までに充分いい思いをさせてくれるんだから、その先、恩返しをしてもらおうとか、もっといい思いをさせてもらおうとか、欲張っちゃ駄目ってことでしょ。一人前に育ってくれれば、それでいいのよ」

「親なんか、やってられないわね」

「気持ちはわかるけど……」

「あなたも明日あたり遊びに来ない？　ひまなんでしょ」

「遠慮しておくわ。すぐに仕事が始まるし、休みの間にやっておきたいことがあるの。水入らずでどうぞ」

やんわりと断った。

「そう。じゃあ、また。お元気で」

「皆さんによろしく」

「晴雄ちゃんにもよろしくね」

「はい」

電話を切った。

やっておきたいことがある、と言ったのは嘘ではない。

「よいしょ」

窓際のデスクの前に腰を下ろし、薄い書類鞄を開いてテキストを取り出した。

La Première Leçon de la Langue Française……フランス語の入門書である。

水穂は去年の秋からフランス語の勉強を始めた。仕事とはなんの関係もない。工務店の会計係にフランス語は全く必要がない。

ただ、ひたすら自分の教養のため、趣味のため。晴雄の結婚を機に、なにか新しいことを始めたかったから……。

――年寄りくさいのは厭だわ――

恰好がよくて、花のあるもの。むつかしくて、遣り甲斐のあるもの……。思案のすえ、

――フランス語にしよう――

と、決心した。

短大生の頃に、ほんの少しだけ齧ったことがある。あらかた忘れてしまったが、ちょっとハンサムな教師に、

「あなたはRの発音がいいね。パリジェンヌみたいだ」

と言われたことだけは、しっかりと記憶している。

フランス語はRの発音がむつかしい。これがうまくできれば、あとはさほどのこともない。Rの発音は、水穂自身、特に練習を積んだわけではないが、たまたま口の構造が、そうなっていたのだろう。

一から勉強し直してみることにした。

上達して、いつかパリを訪ね、セーヌの川岸で喋ってみたら……わるくない。パリジェンヌみたいと褒められるほど若くはないが、どうせなら垢抜けたお婆さんになりたい。それに、このくらいむつかしいことに挑戦すれば、新たな生き甲斐が生まれる。息子べったりの人生をやらなくてすむ。

「さーて、初勉強」

独りごちてからテキストを開き十一課を復習した。

Rの発音は、あい変わらず大丈夫だ。カルチャー・センターの講師も、

「トレ・ビアン」

と言って褒めてくれた。

厄介なのは動詞の変化である。昔も覚えにくかったが、今はもっと大変だ。

「ジュ・フィニ、チュ・フィニ、イル・フィニ、ヌー・フィニッソン、ブー・フィニッセ、イル・フィニース」

声を上げて練習を繰り返した。

――なにも元旦から――

とは……思わない。

一人暮らしであればこそ、いつ、なにをやろうと自由である。これからは純粋に自分のために生きればよい。そのすばらしさをたっぷりと享受すればよい。姉のように、いつまでも息子にかかずらってお嫁さんにライバル意識を燃やしていることはあるまい。我が子に対して、距離を置いた愛情を持てるかどうか、

――私は大丈夫――

独り頷いて練習問題に取りかかった。

一月四日、夕刻に成田空港から電話がかかって来て、

「お母さん？　ちょっとだけ新年の挨拶に行くよ」

旅支度のまま晴雄たちが二人で押しかけて来た。

「すみません」

裕子はしきりに恐縮しているが、なんのことはない、夕食の手間を一回、節約したかったからではないのかしら。

そこまで邪推しては気の毒だが、

「ハワイのホテルでさ、最後の日に支配人がシャンペンを開けてくれたんだ。年末年始のお客さんの中で〝一番睦まじいカップルはあなたがただ〟って、一等賞をくれたんだ」

「へーえ」

よほどイチャイチャしていたのではあるまいか。みっともない。

裕子が顔を赤らめて、

「私たち、なにも特別のことなんかしてなかったんですけど……」

「賞品は二泊の無料招待券。今年もまた行けるな」

「行けなかったところ、たくさんありましたものね」

「ユッコは英語がうまいから」

「あら、晴雄さんもうまいわ」

二人で意味ありげな眴を交わしている。肩をぶつけあっている。

水穂は見ぬふりをして、

「ありあわせのものしかないわよ。ご飯だけは新しく炊いたけど」

と、お煮つけを出せば、

「少し味が濃いかな。俺、この頃味覚が変わったらしいんだ。ユッコが結構上手なんだ、スパゲッティとか、グラタンとか」

「ううん、お義母様にはかなわないわ」

「うちでも、こんな煮つけ、やってみよう」

「できるかしら」

さんざん食べ散らかし、

「明日から会社なので」

「私もそうなんです。すみません」

せかせかと帰って行った。

水穂は玄関の戸が締まるのを聞き、わけもなく二人の跡を追って、そっと外に出て見た。

薄明かりの中にしばらくは二人のうしろ姿が見えた。

手を握り合っている。肩を寄せ合っている。シルエットまでが睦まじい。ホテルの支配人が〝一番睦まじいカップル〟として選んだのも、あながち理由のないことでなかったろう。

——やきもちをやくことじゃ、ないわねえ——

と、水穂は首をすくめて家に戻った。

息子夫婦が睦まじくて、なんの不足があるものか。いつまでも、いつまでも仲よく暮らしてくれれば、それが一番だ。

――お母さんはいいのよ、フランス語を勉強するから――

ハワイからのおみやげはコーヒー豆。

「最上級のやつだよ」

と言っていたが、

――私がコーヒーなんか、ほとんど飲まないこと、少なくとも晴雄は知っているでしょうに――

恨めしさを噛み殺して勉強にかかった。

その夜、水穂は夢を見た。

セーヌ川の橋の上に立っている。日本人のカップルが近くにいて、フランス人に道を尋ねているが、いっこうに埒があかない。水穂のほうに視線を投げ、助けを求めている。

水穂はゆっくりと近づいて行って、

「パルドン」

フランス語で話しかけた。

我ながら流暢に話せる。

カップルは驚いたように眼を見張る。フランス人も日顔で水穂のフランス語を称えている。随分とむつかしいことまで、すらすらと話せた。

眼を醒ました。

——あの日本人、晴雄たちではなかったかしら——

少なくとも女のほうは裕子だった。男も……晴雄にちがいない。すると、一瞬、晴雄の肌の匂いを嗅いだような気がした。甘い汗の匂い……。

——ライバル意識かしら——

だが、夢の中身を反芻するより先に、

——あら——

激しい狼狽を覚えた。

——なぜ——

と訝ったが、まちがいはない。しばらく忘れていたけれど、この感触はまちがいない。

かすかな気配だが、疑いはない。

数カ月の沈黙を破って……赤いぬくもりが下腹を濡らしている。

兄弟姉妹(はらから)

都心から私鉄で一時間足らず。列車が鶴巻(つるまき)温泉駅のプラットホームに滑り込む。真也(しんや)は窓越しに改札口をうかがい、兄の誠一郎(せいいちろう)の姿を認め、一瞬、

――ちがうな――

と感じた。

この感覚をどう説明したらよいものか。同じ兄弟でありながら、二人はまるでちがうのだ。

まず背丈がちがう。兄はほっそりとして、高い。真也はずんぐりとして、低い。顔立ちも似ていないし、髪は……兄は濃く、弟は薄い。性格も、兄はこだわりがなく、おっとりとしている。真也は、われながらあれこれ気にかけて思い悩むほうだ、と思う。似ているのは二人とも口数が少ないところだろうか。兄弟でしみじみ話し合った記憶なんかほとんどないに等しい。

もっとも兄は四十五歳、真也は三十八歳、七歳も年がちがうのだから共通の生活時間

を持つことが少なかった。とりわけ幼い頃はそうだろう。兄の庇護を受けることはあっても、対等に話し合うなど、あろうはずがなかった。気軽に世間話ができるような気分になったのは、ここ数年のことだ。

ただ、ずいぶんと昔から真也は、口にこそ出さなかったけれど、感じていたのである。

——兄さんと俺は似ていない——

初めはだれかに言われたのかもしれない。ずっと幼い頃に……。だれとはわからないけれど、近しいだれかに指摘されて、それと意識するようになった、と、そんな気がしないでもない。

そういう目でながめてみるとちがいは歴然としていた。とはいえ、たとえば小学一年生と、七つ年上の中学二年生、これはちがって当然だ。中学一年生と成人した男性、これもちがう。だが、だんだん年齢を増やすにつれ、

——兄弟って、もう少し似ているものじゃないのかな——

それを意識するようになった。一般には、同じ親から生まれた兄弟なら全貌はちがっていても、眼差が似ているとか、手が似ているとか、歩きかたが似ているとか……。三十代と四十代なら、なにかしら共通のところがあってもいいだろう。真也だけではなく、兄も、そう考えているのではないか、そう感じたことがないでもなかった。

もちろん、世間には一見して似ていない兄弟なんかいくらでもいる。だから気にかけ

るほどのことではあるまい、と、真也自身、何度も思ったけれど、なにかの拍子にふいと、

——ちがうな——

と感じてしまうのだ。この経験は何度もありすぎて、いつから始まったことかも思い出せない。電車の窓越しに感じたのは、まさしくこの感覚のリフレインであった。

改札口を抜けると、兄が照れくさそうに片手を上げ、

「よおっ」

と笑う。

「久しぶり」

「うん。三年ぶりかな」

駅舎を出ると、横断歩道の向こうにコンビニエンス・ストアやファスト・フードの店が並び、その脇は通勤通学用の自転車置き場、ふり仰ぐと充分に背高いマンションが周辺の空に見え隠れしている。どう見ても都心に勤めるサラリーマンたちのベッド・タウン。よくあるタイプの駅前風景だ。

「温泉なんか本当にあるの？」

真也の職場の同僚で、この駅より少し遠くの駅から通って来ている男がいたっけ。

「ある。この先の道を越えれば、深山幽谷だ」

「へえー。親父は？」

「宿に置いて来た」

温泉のある旅館はそう遠くはないらしい。

「親父が来たかったんだって、ここに？」

「ああ」

「なんで？」

「おいおい話すよ」

「うん」

兄弟の父親は二度結婚をした。先の伴侶が死んだあと、すぐにその妹を娶った。その人も三年前に鬼籍に入っている。兄弟は先妻の子どもだが、真也はほとんど実母を知らない。

二度目の妻が没したあと、父親は長男夫婦のもとに身を寄せていたけれど、近く長男一家が仕事の都合で鹿児島に居を移すこととなり、父親自身の健康も冴えない。次男の真也はまだ独り身だし、これもロスアンジェルスへの転勤が決まっている。とりあえず父の身を環境のよい養護施設に委ねることとし、父親も、

「それがいいよ」

かねてから望んでいることでもあった。

ただ、その前に父と息子たちと三人で、水入らず、

「集まって飯でも食おうか」

ということになり、さらに父親が、

「温泉でも行って、ゆっくりとな」

「温泉？」

長男は少し戸惑ったが、

「近までいい。鶴巻温泉なら、わしでも行ける。一泊してな。真也にも都合をつけてもらって」

と訴えた。

考えてみれば、肉親が顔を合わせて寛ぐなんて、めったにあることではない。

――この前はいつだったろう――

仏事のときは他人が絡む。三人だけとなると……思い出すのもむつかしい。この先だって、大げさかもしれないが、

――今生で、これが最後――

そんな思いがなくもなかった、と、これは弟を誘ったときに兄が告げた感想である。

まったくの話、肉親が集まって食事をすることなど、やろうと思えば、いつだって箇

単にできそうなのに、その実、いつでもできることは先へ先へと延ばされて、結局、実現がむつかしくなる。実現されることがなくなってしまう。肉親だけではなく、親しい仲間同士だって、人間関係には、

——あのとき会っておけば——

と後悔するケースが、よくあるものだ。

「いいよ」

「うん」

確かに鶴巻温泉なら、すぐに行ける。なにしろ都心への通勤距離内に入っているのだから。それに、そこは父親にとって、なにほどか思い出のあるところらしい、と、長男は知っていた。

兄弟で相談がまとまり、父親が覚えている宿を予約した。午後の早い時間に兄が連れて行く。真也のほうは、

「夕飯に間にあえば、いいんだろ」

「うん。五時ぐらいには来いよ。年寄は待ちきれんから」

「宿は？　わかりやすいところなの？」

「俺だって知らん。駅に降りれば、すぐにわかるのとちがうか。いずれにせよ、電車を降りたら携帯にかけてくれ」

「わかった」

道案内を必要とする宿ではないらしいが、わざわざ兄は駅まで迎えに来てくれた。そのくらい駅に近い宿でもあった。

「親父は一人で、なにしてんの？」

兄弟は、高さのちがう肩を並べて横断歩道を渡った。

「温泉に入って、ひと寝入りしている」

「なるほど」

五時少し前……みすぼらしい飲み屋が二つ、三つ、看板を掲げているが、営業をやっているのかどうか。今は固く戸を鎖（とざ）している。

「こっちだ」

「温泉なの、本当に？」

「そうらしい。沸かし湯かもしれんけど、ちゃんと成分表が出ている。昔は訳ありの男女が泊まったりしたとこじゃなかったのか。今よりずっとさびれていただろうし」

「親父も？」

「新婚旅行に来たらしい」

「ここに？」

「昔は、近くで間にあわせてたんじゃないのか」

「どっちの結婚？」

「そりゃ、お袋のほうだろ。お義母さんとも来てるらしいけど」

兄弟のあいだでは暗黙の用語規定がある。二人を生んだ母親については、つまり父親の先妻についてはお袋と呼ぶ。後の妻については、お義母さんと呼ぶ。二人の母親は姉妹で、秋子と春子、季節は逆だが、わかりやすい命名だった。

お袋という言葉は子宮を暗示しているだろう。お義母さんには、その意味がない。

「それで親父には思い出があるわけだ」

「まあな……」

と、兄は口ごもり、なにかつけ加えることがあるようだったが、もう宿の入口が近づいていた。

「ここだ」

「へえー」

と、真也は大仰に驚いて見せた。

深山幽谷は言い過ぎだろうが、門構えを抜けると、喬木が立ち、繁みが深くなり、道は上り坂を作って湾曲し、背後に新緑の山を映して古風な宿が構えていた。

ドーン、
と、来客を告げる太鼓が鳴る。

兄が太鼓を打つ番頭に笑いかけながら、

「駅まで行って来た」

新規の客ではないことを匂わす。

「あ、桐の間のお客様？」

「そうだよ」

長い廊下を進んだ。

ショウ・ケースの中に甲冑が黒く、赤く飾ってある。名刀のたぐいも並べてある。古くはこのあたりの街道に建つ本陣のようなものであったらしい。

「昔は小さな宿だったらしいけど……親父、驚いていた」

「迷いそうだもんね」

山すそを縫うようにして建て増したのだろう。一、二度、廊下がY字を作って分かれていた。かいま見える庭のあちこちに篝火が燃えている。

――親父が初めて来た頃は、本当に山の辺の宿だったろうな――

と真也は思う。

東京が肥大して周辺の山野がどんどんとベッド・タウンと化し、そんな情況の変化の中にあって、ここはいじましいほど頑張って山中の気配を残している。

父親の新婚の頃なら、

──五十年くらい前か──

充分に古いことだ。

真也はお袋についてなんの記憶もない。兄の誠一郎は知っているだろうが、真也は仏壇の中にある写真や古い家族写真などをながめて、

──こういう顔の人だったのか──

おぼろげなイメージを描いた記憶が残っているだけだ。

いったいに子どもというものは、自分の親についてそれほど正確な知識を持っているわけではない。断片的なエピソードはいろいろと聞かされていても年次を追ってきちんと親の生涯を把握しているケースはむしろ珍しい。早い時期の死別であれば、なおさらそうなりやすい。

真也もある時期まではその通りだった。とりわけお袋については……会った記憶のない人なのだから、よく知らなくて当然だろう。

が、二十歳を過ぎる頃になって、わけもなく気がかりになり、少し調べてみたことがある。

お袋こと野尻秋子は、真也の誕生から三カ月足らずで死んでいる。肺癌だったらしい。当時のことだ、癌は、死病に近かったろう。病弱な母体にとって妊娠と出産は大変な負担だったろう。

ろう。

懐妊してしまった以上、仕方のないことだったのだろうか？　今ならば、どうするだ

——よくそんなこと、やったなあ——

と、これは事実だろうが、責任を問われることではあるまい。むしろ、みんなが、

——俺が殺したようなもの——

替えに真也を産んだにちがいない。

と真也はしばしば思った。母は、どの道、自分の命の長くないことを覚り、命と引き

——俺は生まれなかったかもしれない——

が、それとはべつに、これは小学生の頃だったと思うが、兄から、

「俺はお前が生まれるときのこと、なんも知らんのだ。福島で生まれて、少したってか

らお義母さんが連れて来た」

と教えられた。

福島というのはお袋とお義母さんの実家があったところだ。病弱の秋子はそこに預け

られ、そこで子どもを産み、そこで死んだ。妹の春子がすぐさま母親がわりとなり、頃

あいを見て嬰児と一緒に東京へ移り、間もなく真也たちの父親と結婚した。その結婚は

真也の誕生から数えて一年三カ月後、つまり秋子の一周忌を待ってのことだった、と考

えられる。

兄の誠一郎がなにげなく話していたことから推測すると、お袋が出産を控えて（病気も充分に進んでいたと思われるが）福島の実家に預けられていたとき、妹の春子は連絡係として何度か東京に来て、父と誠一郎と、それからお手伝いの婆やがいる家に泊まって帰って行ったようだ。

——そのときから、すでにして親父と春子は親しかったのではないか——

秋子の死後、春子が真也たち兄弟の父親と結ばれることは、ずいぶんと早い時期から周囲であらかじめ了解されていたことではなかったのか。

真也だけが微妙に感じていることなのだが、（つまり、兄の誠一郎は気づかなかったのか、気づいても黙っていたのか、わからないけれど）お義母さんには、弟である自分のほうが断然かわいがられたような気がする。より多く愛情を注がれたような実感が残っている。それは、生まれた直後から福島の家で春子がひたすら面倒をみた、という事情もあったろうけれど、

——俺は秋子の子ではなく、春子の子ではないのか——

そんな、べらぼうな想像を描かないでもなかった。

もちろん、そんなことはありえない。戸籍の記録が事実を裏づけている。

とはいえ、これも以前に職場の先輩が漏らしているのを聞いたのだが、

「戸籍謄本だって絶対なものとは言えんのよ。俺のところは引揚げ者だろ。日本に帰っ

て、自分たちで戸籍を作って役所に報告したんだ。俺の弟なんか、本当は従弟なんだけど、むこうで両親が死んだんで、うちの子にしちゃったんだ」

そんな方便も現実にあったらしい。

真也の生まれた昭和四十年頃の日本で、そんなインチキができようはずもないだろうけれど、空想くらいはしたくなってしまう。

誠一郎と真也という名前が、どうにも気に入らない。兄が一郎なら弟は二郎ではないのか。真二郎とか、公二郎とか……。統一を欠いているのは、

——本当の兄弟ではないから。母がちがっているから——

などと、中学生の頃に訝ったこともある。

それもこれも、兄と比べて顔も形も、性格もみんなちがっているからだ。

こんな思案は子どもじみていると言えば、まったくもって子どもじみているだろう。子どもが夜中にふと目をさまし、隣の部屋で両親がひそひそと話しているのに聞き耳を立てる。布団の中で身を固くして聞く。

「あの子はナ、俺たちの子じゃなく、橋の下から拾って来たんだから」

「そうだったわね、当人はなにも知らないけど」

自分自身について不幸なストーリーを創ったりするのは、だれしも子どもの頃に一度や二度やった記憶があるだろう。

——まあ、俺の場合も、そんなところ——

真也だって九十九パーセントを超えて兄と自分が同じ母の子であることを信じている。

兄の誠一郎は、もっとこだわりがない。真也よりも事実として見聞していることがずっと多いからだろう。一度でもお袋のお腹が膨らんでいるのを目撃していたら……その前後の様子を知っていたら、この疑いは生じにくい。東京と福島に別れて暮らしていたとしても、なにかしら事実は事実として片鱗を周囲に撒き散らしているものだ。

　これまでに……そう、確か三度ほど、

「兄さんと俺、お袋がちがうんじゃないのかなあ」

冗談に交ぜて言ったことがあるけれど、兄は、その都度、

「馬鹿なこと、言ってんじゃないよ」

と取りあわなかったり、あるいは、

「似てないからか？　似てない兄弟なんか、世間にいくらでもいるぞ」

　と笑ったり、さらにまた、

「ミステリーの読みすぎじゃないのか」

と、からかったりして、反応はどうあれ、兄がいささかも疑念を抱いていないことが明白になるばかりだった。当然のことだ。疑う余地はない。

ただ、強いて言えば、兄は背が高く、髪も濃く、性格も明朗で……いいところばかり

譲り受けているのだから、弟ほどひがんで考える必要がないのだろう。事実に疑いを抱く理由がないだろう。

二十代の真也は、そんなことを思ったりもしたが、もう達観している。いま考えるのは、

――同じ兄弟でも、育てる母がちがうと、いろいろちがってくるのかな――

ということ。そこから奇妙な連想が……連想と言えないほど奇妙な想像が脈絡もなく飛躍して、

――親父が最初にこの温泉へ来たのは新婚旅行のときだとしても、次に……お義母さんと来たのはいつだったのか――

自分が生まれる前だったかもしれない、と、兄の立ち話を聞きながらそんな思案を弟はめぐらしていた。

桐の間の襖(ふすま)を引き開けると、

「よお、来たか。遅かったな」

父は布団をまるめて隅に押しやったままテレビを見ていた。

「急行電車に乗りそこなって」

「昔に比べりゃ、ずいぶんと近い」

一歩遅れて入って来た兄が、

「風呂はどうする？　飯は五時半に頼んでおいたけど」

少し早めの夕食は、父の注文だったにちがいない。腕時計はもうその時刻を指していた。

「風呂？　あとでいいよ。兄さんは？」

「俺もまだだけど。いい、あとで」

「うん」

「食事はむこうの部屋だ。お父さん、行こう」

と、声をかけたとき室内電話のベルがなり、食事の呼び出しが入った。

真也はネクタイだけを抜いてハンガーにかけ、二人のあとを追った。父は浴衣に羽おり姿だ。

三人で食卓を囲んだ。

ビールを頼み、それぞれのグラスに注ぎ、

「ま、乾盃かな」

「そうですね」

「うん。じゃあ、よろしく」

父がグラスを上げ、二人が従う。父の手が揺れ、ビールが少しこぼれた。

「お父さん、これからは独りになるけど……」

と、おもむろに兄が言う。

今日はそのための送別会……。あえて言えばそういう趣きの会食である。

父はグラスを置き、胸のあたりで右掌(みぎてのひら)を振り、

「いいんだ、いいんだ。独りは嫌いじゃない。しかも気が楽だ。あんたたちこそ異国へ行って気をつけろよ」

「異国たって俺は九州だから。真也のほうだな、大変なのは。いつ出発する？」

「まだ一カ月くらいは先でしょ。独りだから気楽ですよ」

「アメリカで働くとはなあ。しかし、いいことだ。これからは世界に目を開かにゃいかん」

父は七十六歳。アメリカと戦った記憶を充分に持っているだろう。

「英語は大丈夫か」

兄が尋ね、

「アメリカで暮らすのは初めてだけど、これまでに使ってるんだから、技術関係の話はよく通じるんだよ」

弟の立場は自動車メーカーのエンジニアリング・セールスマン。セールスのかたわらで技術面のバック・アップを務めることになる。

「わしも英語は嫌いじゃなかったが、すぐに覚えちゃいかんと言われて」

父はぼそぼそと、これまでに何度か聞いたことのある昔話をくり返した。

ビールが清酒に変わり、頃あいを見て兄がご飯を頼む。父が茶漬けを作ってすすった。

特別な会話があるわけではない。強いて言えば、父が……父自身がこれから入る養護施設のすばらしさをことさらに語っているのが、いつもとちがっていた。

「医者もいるし、仲間もいる。好きなことを好きなときにやって暢気に暮らしてればいいんだ」

と、独り頷いている。

自分自身を説得しているのか、それとも子どもたちを安心させようとしているのか、語調は前者のように聞こえたが、親の心はわからない。

「お父さん、昔、ここに来たことがあるんだって？」

真也が尋ねると、

「ああ」

と答える。重ねて、

「新婚旅行で？」

と言えば、

「馬鹿なことを」

疎(まば)らになった前歯を見せて笑った。

「お義母さんとも来たんでしょ」

父も兄弟の用語の使い分けを……お袋とお義母さんのちがいを心得ている。

「うん。そう言えば春子とも来たな」

と、戸惑うように呟(つぶや)く。

真也はさりげなく様子をうかがった。〝そう言えば〟ではなく、父ははっきりと記憶しているのではあるまいか。新婚旅行よりも、こちらのほうが、さらに心に残っていることではないのか。二人の女性を同じ宿に連れて来たのは、どういう心境だったのだろう。

「いつですか、お義母さんと来たのは?」

「さあ、いつだったろう」

父は答えない。

真也としては、それがお袋の死より前であったか、後であったか、尋ねてみたかったが、直截(ちょくせつ)に言い出すのはためらわれた。

たとえそれがお袋の生きているときだったとしても父を咎(とが)める気持ちなど少しもない。よしあしの問題ではなく、ただ自分の生まれる前後の、母たちの情況と心境をもう少し知っておきたい、それだけの願望だった。だが、兄が、

「知っていても、言えないことはあるさ」

独り言みたいに言い、それから、

「さ、お父さん、部屋へ帰ろう」

と促す。

桐の間に戻り、しばらくはテレビのプロ野球中継をながめた。

今年のジャイアンツは弱い。父はずっと巨人ファンだった。一日の仕事に励み、あとはテレビの前でジャイアンツの活躍を見て楽しむ。ごく、ごくありふれた日本人の生活をたどった人だった。

中継が終わるのと、父が居眠りを始めるのが一緒だった。隣の部屋にはすでに布団が敷いてある。

兄弟二人で父を運んで寝かせた。いびきが高まるのを聞いてから、

「風呂に行こうか」

「うん、行こう」

浴衣を持って部屋を出た。

小広い浴場にほかの客はいなかった。檜(ひのき)風呂には文字通り溢(あふ)れるばかりの湯が蠢(うごめ)いている。兄弟二人が入ると、ザザーッと流れ出し、わけもなく豊かな気分にかり立てら

れる。

「親父がここへ来たのは、お袋がまだ生きているときだったのかな?」

「お前、まだそんなこと、こだわっているのか」

「こだわってるわけじゃないけど、どうだったのかなって」

「わからん。どっちでもいいことだ。ただお袋が生きているときから、親父とお義母さんは親しかっただろ。どういう仲のよさかはわからんけど、おたがいに気に入ってたとは思う。お袋もうすうす感づいていた。だから死ぬ前に妹をわざわざ枕もとに呼んで〝子どもたちのこと、あなたにお願いするわ。あなたなら、あの人ともうまくやっていけるでしょ〟と頼んだらしいぞ」

「兄さんは、それをどうして知ってるの?」

「お義母さんから聞いた」

「お袋に嫉妬はなかったのかな」

病臥の中で、夫と妹の恋を知り、めらめらと憤りの火を燃やす……真也の心にそんな想像がないでもない。

「あったかもしれんけど、みんなのしあわせを願う気持ちのほうが強かったんだろ、お袋には。言ってみれば秋子から春子への円満譲渡、そういうことだったらしい。気に病むことじゃないさ」

「べつに気に病んでいるわけじゃないけど」

と告げてから、ふと、

「お袋とお義母さん、似てた？」

「うーん。俺だってそうよく覚えているわけじゃないけど、似てなかったな。少なくとも顔立ちは」

「俺たちとおんなしだ」

「お前と俺？」

「そう」

「あんまり似てないけど……どっか似てるかもしれん。お袋とお義母さんも似ていなかったから、それが遺伝したんじゃないのか。兄弟姉妹が似ないという遺伝子があるのかもしれん」

「確かに」

世間には兄弟姉妹がよく似ている家系と、まるで似ていない家系とがあるのは本当だ。それも遺伝子の作用なのだろうか。

浴室を出て脱衣所で汗を拭った。二人並んで裸のまんま大鏡の前に立ったとき、

――えっ――

二人の目が合った。

いや、そうではない。目が合ったのではなく、二人は鏡の中で同じものを見て、同じことを感じた。それがおたがいにはっきりとわかった。目と目が合ったのは、そのあとのことだ。

「ああ」

と兄が言い、

「ほう」

と弟が答えた。

似ているのだ。そっくりなのだ。下腹のあたり……。毛髪が、形が、大きさが、先端がちょっと左へ曲がっているところまで……。兄弟でもこれまで見比べたことがなかった。やはり兄弟には似ているところがあったのだ……。

笑った。タオルで下腹を覆いながら、

「まいったな」

「うん」

二人でともに笑った。同じものを見て、同じことを感じたおかしさである。積年の違和感に、思いがけない答を見出した安堵感かもしれない。

大笑いではなかったが、腹の底から込みあげてくる本物の笑いだった。

――兄貴もおんなしだ――

このおかしさだけで、この温泉場に足を運んだ甲斐(かい)が充分にある、と真也は思った。

翌朝、兄は仕事があるからと、九時過ぎに宿を出発した。

「じゃあ、あとを頼む」

父親を家まで連れて行くのは弟の担当だった。

父は朝湯にもつかった。朝食で一本だけビールを飲んだ。

「わりといい温泉だね、都心からすぐなのに」

「ああ」

「すぐ近くに高い山があって、ケーブルで行けるらしい。行ってみるかなあ」

「大山(おおやま)だろ。展望台がある。お前は昔から高いところに登るのが好きだったからな」

「えっ」

と真也は驚いた。

自分自身でも最近気づいたことだ。確かに高いものを見ると登りたくなる。山寺の奥の院でもビルの屋上でも、鉄塔でも登れるものなら登って眺めてみたい。子どもの頃は木登りが大好きで、事実、よく登っていた。だれでもそうなんだと思っていたけれど、これほど好きなのは、やっぱり特別な趣味らしい。

「お父さん、知ってた？　昔から」

「そりゃ、知ってたさ」

「知ってても、言わなかった？」

「ああ」

「ふーん」

話題が思いがけない方向に飛んでしまったが、この朝はどうしても父に聞いておきたいことがあった。

「お袋とお義母さん、似てた？」

唐突に尋ねてみた。父は少し考えてから、

「似てなかったな」

「まるっきり」

「お前たちとおんなしだ」

父は答えてからゴロンと横になった。また居眠りが始まった。

真也はわけもなく昨夜、兄と二人ですっ裸のまま鏡の前に立ったときの光景を思い出し、

——兄弟はやっぱりどこか似ているんだ——

独り笑いを浮かべた。

それから父の寝顔をうかがい、ふいに笑いが消えた。

――この人は、姉と妹と、姉妹(きょうだい)を妻にしたんだ――

なにかしら父だけが知っている共通なものがそこにはあったのではないのか。たとえば……語るには少し隠微なことがらにおいて……。

真也はぼんやりと考えたが、父のいびきだけがまた高くなった。

輝く声

私鉄沿線の町はどこもよく似ている。駅の改札口を抜けると、自転車置き場に時計塔、銀行、花屋、コンビニエンス・ストアがあって、そのすぐ隣にファスト・フードの店、ラーメン屋、本屋……と言っても本を売るスペースは極端に小さく雑誌の棚、ビデオ、CDの販売や貸出しを手広く扱っている。店の外に商品を積んだ新しいタイプの薬屋、二階には美容室、酒屋がショウ・ウインドウにウイスキーやワインのボトルを並べている。

芳彦(よしひこ)は地図を頼りにベーカリーの角を曲がり、五分ほど進んで住宅街に入った。プレファブ住宅の中にポツン、ポツンと古い家が残っている。垣根をめぐらし、屋根をつけた門構え、生花(いけばな)教授と記した木札が貼ってある家がある。空地や畑も点在している。

もう一つ角を曲がった。

そして三軒目。左側。充分に古い木造の家があった。佐伯(さえき)という表札を確かめ、子どもの工作みたいなベルを押した。

「はーい」

明るい声が聞こえ、曇りガラスの格子戸がカタン、ガタンと開いて、

「いらっしゃいませ。どうぞ、どうぞ」

花柄のエプロンが翻って迎えてくれた。佐伯夫人だろう。華やかで美しい。

背後から佐伯の顔がのぞいて、

「すぐにわかった？」

「はい」

夫人がエプロンを脱ぎながらスリッパを取り出して並べる。

黒光りのする廊下。障子戸を開くと、畳の八畳間。そこに絨毯（じゅうたん）を敷き、テーブルを据え、ソファを置き、洋風の応接間になっていた。

木造の家はどの一角をながめても古風だが、あちこちを飾る内装には新しさがある。明るい色調が散っている。豪華ではないが若々しい。テーブルクロスはオレンジと緑と水色の大胆な幾何学模様を並べて、現代美術そのものの雰囲気。柱に懸かる時計も斬新なデザインで美しい。

どちらかと言えば地味筋で、いつもくすんだ様子をしている佐伯には、ちょっとそぐわないような気もしたが、

——奥さんの趣味なんだ——

と芳彦は推察した。

佐伯だって三十代なかば、まだ充分に若いのである。いくら学者の家でも古色蒼然ばかりではなさけない。古びた家屋を少しでも明るく飾ろうとする工夫が感じられた。あとで知ったことだが、この時点で佐伯夫妻は新婚二年目くらい……。華やいだ気配があって当然のことだったろう。

時計は五時をまわっていた。

「ビールになさいます？」

「もうですか」

「いいじゃない、少し早いけど」

「じゃあ」

「はい、はい」

夫人はエプロンの紐をリボンみたいに大きく結んでキッチンへ……うしろ姿が弾んでいるように見えた。

運ばれてきたグラスも垢抜けたデザインだ。オードブルがすでに大皿に盛りつけられていた。

夫人がビールの栓を抜き、

「これ、むつかしいんですよね、わりと」

呟きながら泡を作らないようにビールを注ぐ。

「あ、すみません」

グラスも心地よく冷えていた。

二つのグラスが満たされたところで佐伯が瓶を握り、

「あなたも飲む？」

と、丁寧に夫人に尋ねた。

「ええ。じゃあ一口だけ。酔っちゃうと、あとができませんから」

「わが家特製のロースト・ビーフ？」

と、少しからかうように夫人を見ると、

「はい、はい、はい」

笑いながら答えた。

「では……」

「よくいらっしゃいました」

三人でグラスをあげた。

とてもよい雰囲気……。短い時間のうちに芳彦は魅了されてしまった。

佐伯と知りあったのは、ほんの半年ほど前のこと。昔からの知りあいではない。

芳彦は二十八歳。早くに両親を失っているので、年齢よりは少し落ちついて見えるほ

うだろう。ずっと図書館に勤めている。昭和の初めに創られた図書館で、古い資料が揃（そろ）っている。故郷の高校の先生が、

「私の遠縁の人なんだが、ちょっと仕事の相談にのってやってくれないかな。大学の先生なんだけど」

と、連絡を寄（よ）こした。

田伏（たぶせ）という日本史の教師で、芳彦自身、日本史は好きだったけれど、この先生に格別世話になった覚えはない。東京に出ていると、故郷の人からときどき思いがけないことを頼まれたりする。

――なんだろう――

と訝（いぶか）ったが、このあと図書館へ訪ねてきたのが佐伯淑郎（としろう）だった。大学の先生と言うからもっと年上の人を想像していたのだが、佐伯は三十代のなかばくらい、まだ専任講師の肩書だった。用向きは……研究論文のリストを作るため大量の本を借り出して逐一確認をしなければいけない、そのための便宜を図ってほしい、ということ。一冊の本について調べる事項は一つか二つ、とても簡単だが、とにかく四、五百冊を当たらなくてはいけないから、一般の閲覧者とはちがう。

「いいですよ」

「お願いします」

礼儀正しく、初めから好感の持てる人柄だった。学者らしく、まじめでおっとりとしている。良識を充分に備えているが、

――いいところのぼんぼん。苦労知らずで育った人ではあるまいか――

と、芳彦はそんな印象を抱かないでもなかった。

この推測はなかばくらい当たっていたけれど、正鵠を射たとは言いがたい。佐伯家は学問の家柄らしく、少なくとも彼の父親は名のある学者であり、帝大の教授であった。昔からのエリートだから、裕福ではないまでも一通りの生活は維持できただろう。父親のあとを継いで、学問で身を立てるよう入念に育てられたのはまちがいないところだ。

しかし、母親とは早くに死別し、父親も彼が大学のころに没したらしい。ほかに弟妹はいない。家族的にはすこぶる寂しい情況で、生活も父親の残してくれた古い家と、わずかな遺産をよすがとして（多分そうだろうと想像するのだが）そこそこに営むよりほかにない。自分が一人前になるまではなにかと不足も多かっただろう。食べるのに窮するようなことはなかっただろうけれど、苦労のない前半生ではなかった……。

大人の部分と子どもの部分とが共存していると（これは会ったとたんに気づいたわけではないけれど）芳彦は直感した。これも彼の生い立ちと関わっているにちがいない。

「すみませんが、大学の図書館じゃ無理な作業が多くて」

「いいですよ」

頼まれるままに適当な方便を考えてあげた。

佐伯は一週に一度くらい現われて本を借りる。一回に二十冊、三十冊と借り出さなければいけない。もっと多くを必要とするときもある。

「ほんのちょっと確かめるだけなんですけどねぇ」

実物を手に取らないと、調べられないのだ。

「そうですね」

書庫内に同行してキャレル制度を勧めたりもした。キャレルというのは図書館用語で書庫内閲覧のこと……つまり、閲覧者を書庫内にまで立ち入らせ自由に利用することを許す特別な制度である。

佐伯は芳彦より年上だが威張ったところなど少しもない。けっして人づきあいのうまい人ではなさそうだし、ぶっきらぼうで、ときには、

――それって、わがままじゃないの――

と言いたくなることも皆無ではないけれど、それはむしろ無邪気のせいらしい……。文字通り悪気がなく、事情を知らないまま勝手を言ってしまうからである。心のなかでは、いつも、

――他人に迷惑をかけてはいけない――

と、その考えがないわけではないのだ。配慮が的を射ないから、ちぐはぐになり、結

果として少し迷惑をかける。遅れてそのことに気づいて狼狽し、恐縮し、その様子がまた少年のようにいじらしいので、すべてが許せてしまう。好感を抱いてしまう。そういうタイプなのだ。

間もなく親しくなった。

とはいえ学生時代の親しさとは異なる。社会人になってしまえば、真底、自分をさらけだして親しくなることは、まあ、ない。なにほどかの距離が置かれるものだ。まして佐伯とは年齢もちがうし、立場もちがう。むこうは講師とはいえ、いずれは教授になる人だろう。そうそう気楽にはつきあえない。あくまでも仕事を挟んだ親しさ……。その限りにおいてはかなり昵懇、ということだ。

そんな関係となったところで、

——この人、孤独なんだ——

すきま風のようにふと感ずるものがないでもなかった。心のどこかに暗い闇があるみたい……。人柄のよさとはべつに、母親との縁の薄かった人の宿命なのかもしれない、と芳彦は考えたりした。だから、

——俺みたいなものにも優しいんだ——

と思案が繋がって、この感触は芳彦としてもうれしかった。佐伯のほうが芳彦を求めていたのかもしれない……。だから芳彦としては、

──たいしたことはできないけれど、力になってあげてもいいかな──

年下なのに、年長者の感覚を持つ一瞬もあった。

図書館での調査がピークを過ぎるころになって（予算がつけば継続的に仕事があるような話ではあったが）、

「一度、飯でも食べにいらっしゃいよ」

と佐伯が遠慮がちに誘ってくれた。

「ええ。いいんですか」

「たいしたご馳走もできないけど」

口ごもりながら地図をかいて寄こす。

佐伯の家庭について、芳彦はなにも知らされていなかった。なにも聞いていなかった。

佐伯の年齢から考えて、

──結婚はしているだろう──

と想像していたが、客を家に招くと言う以上、この想像は多分まちがいあるまい。

──子どもは？──

と、これも漠然とではあったけれど、

──多分、いないな──

あえて理由を言えば、佐伯自身が子どもみたいな気配を宿していて、

──父親は似つかわしくない──

ということだったろう。

そして、日を選んで訪ねてみれば、ずばり的中……夫人と二人暮らし。この夫人についても、格別はっきりしたイメージを抱いていたわけではないけれど、

──ああ、こういう感じの人か──

と、すぐに納得できるものがあった。

スラリと細く、まあ、美しい。目を見張るほどの美形ではないけれど、このくらいの妻が家で待っていてくれれば夫は満足しなければなるまい。加えて、社交的……。

「佐伯がいつもお世話になっております。一度お礼を申しあげたくて」

と、芳彦を招いたこと自体が夫人の提案だったのかもしれない。

「とんでもない」

「この人、一緒に仕事をすると、厄介ですから」

「いいえ」

少し話しているうちに、夫人の声のよさに気づいた。軽やかで、耳に心地よく伝わってくる。とてもきれいな東京言葉だ。それもそのはず、以前はアナウンサーを務め、今でも広告代理店に籍をおいて働いているらしい。

「いいえ、アナウンサーなんて、そんな恰好(かっこう)のいいもんじゃないんですのよ。雑用係。

どさまわりをして、重い荷物なんかエイコラ、エイコラ運ぶんですから。ええ、ホント、ひどいもんです」

なんだとか。

普通のことを話していても声の調子にユーモアが潜んでいる。わけもなくおもしろい。佐伯のほうはむしろ寡黙で、夫人の話を……夫人が芳彦に話しているのを眺めて楽しんでいるようだ。

やがてロースト・ビーフが現われ、

「あの、この先生ったら、ポークとビーフの区別がつかなくて、うち、はい、生活事情もありますから、ずーっとポークだったんですけど、当人だけは〝うちは毎日牛肉だなあ〟って喜んでいたんですよ。あなた、これがビーフですよ」

と夫人が取り分ける。

「うん。やっぱり、うまい」

と、夫が嚙(か)みしめる。

そんなやりとりがおかしい。ほほえましい。

夫婦の呼び方にも特徴があって、二人だけのときはわからないが、芳彦の前では、妻は夫を〝先生〟〝あなた〟〝淑郎さん〟と呼ぶ。夫のほうは一貫して相手を〝あなた〟と呼んで鄭重(ていちょう)である。

「先生、玄関の履物は揃えておいてくださいね」

母親のしつけが時おり夫人の口からこぼれる。姉さん女房だとわかった。この家ではよろずややこしいことは夫人が担当しているのだろう。広告代理店の〝雑用係〟は、大学講師より世智にもたけているだろう。大学講師のほうは、夫人にあしらわれるのを〝よし〟として微笑を交えながら時おりひと理屈をこねる。

「学者と実業家と、どっちが偉いかって、そりゃ実業家だな。この世の中、真理をほしがっている奴に比べれば、銭をほしがっている奴のほうがよっぽど多いんだから」

「ホント。家も真理よりお金のほうがほしいんですのよ、先生。真理って台所じゃ、あんまり役に立ちませんから」

「書斎でだって、そうだよ」

と、こんな調子である。

芳彦はすっかりご馳走に与り、帰り道は最寄りの駅まで佐伯が送ってきた。

「道、わかりますよ」

「いや、散歩に行く。近道もあるし」

「すみません」

路地の上に細く伸びる星空を仰ぎながら、

「うちの奥さん、江戸っ子なんですよ。ご家人の子孫で……。どうせたいしたご家人じゃないんだろうけど、気っぷはいい」

と佐伯が妻を評する。

「すてきですね」

「結婚のとき、私に五十万ほど借金があってね。そうしたら、彼女がポンと金包みを出して〝これ、使ってくださいね〟って。なんにも聞きませんから、あとくされのないよう手だけはキチンと切ってくださいね〟って。あはは、そういう借金じゃなかったんだけど」

さりげなく述懐したが、なかなかの美談である。テレビ・ドラマなら、流れ星の一つくらい走ってもよさそうな気配だった。

「なんの借金だったんですか」

「あははは」

と笑い続けている。佐伯は少し酔っていた。酔って、思いがけないことを話してしまった、と、そのことに照れていたのだろうか。口をつぐむ。もう駅が近かった。

「ご馳走さまでした」

「うん。またどうぞ」

「ありがとうございます」

改札口で別れると、佐伯は小走りで去って行く。

——よい夫婦だな——

憧れを抱いた。

その後、二度ほど佐伯の家を訪ねた。留守宅に本を届けたときを加えれば合計四度になるだろう。

夫人も結構忙しいようだ。自分の仕事に追われながらも家事をこなし、夫の面倒もよく見ている。

佐伯のほうは甘えている。ノホホンと都合のよさを享受している。公平に見たところ、佐伯は学者としてはそこそこなのかもしれないけれど、世間的にはあまり役に立つタイプではあるまい。収入だって特によいことはないだろう。夫人のほうが、一方的にこまめに働いている。家ではもちろんのこと、家計も夫人の収入が多くをまかなっているのではあるまいか。そして、二人の心理を探れば、夫人のほうが、

——余計に惚れているんだ——

五十万円を包んだエピソードも、そんな事情にふさわしい。夫人は自分一人で生きていくこともできただろうが、

——結婚くらい、してみたいわね——

たまたま佐伯とめぐりあい、この人ならと思ったのだろう。なにほどかの苦労も覚悟して……その苦労を乗り越えられるという自負もあって、身寄りの少ない、年下の学者

に、一生を委ねたにちがいない。

佐伯のほうは、相手を便利で、それなりにチャーミングな人と見て取った……。むこうは自分にないものを持っている。学究生活にとってプラスにこそなれ、厄介なマイナスはあるまい。

こうして結婚が成就した。

はたからかいま見て、

――うらやましい――

余人は知らず、芳彦がそう思ったのは本当だった。

芳彦自身のことを言えば、親もとを離れ、独り東京で生活していたが、ご多分に漏れず月給は高くない。独り暮らしが精いっぱい。本気で結婚を考えたことがなかった。特に不自由を感ずることもなかったのだから、

――このままでいいか――

一生のことはともかく、とりあえずは独身のモラトリアムを決め込んでいた。

が、佐伯夫婦を見て、

――結婚もわるくないなあ――

文字通り、目から鱗(うろこ)の落ちる思いを実感した。論より証拠……なんて、

――用例が少しちがうかな――

佐伯夫人なら、きっとおもしろい注釈をつけてくれるにちがいない。

ちょうど、そのころ職場でつきあっている女性がいて、水を向けてみれば、話がとんとんと進んだ。佐伯夫人ほどではないけれど、利発で、明るい。図書館員として心身ともに自立している。決心をした。

それが現在の妻の史恵(ふみえ)である。

欲を言えばきりがないけれど、これもよい結婚と言っていいだろう。そして、

——佐伯さん夫婦を見なかったら……この結婚はなかったな——

今さらのように考える。かなりの高い確率で芳彦はそう断言してはばからない。佐伯夫人を見なければ、もう二、三年はモラトリアムを続けていたのではあるまいか。

芳彦が結婚を決めた直後に、佐伯は関西の大学へ助教授として赴くこととなり、

「おめでとうございます」

電話口で告げれば、

「どうってことない。都落ちだ」

「戻って来られるんでしょ、東京へ」

「どうかな」

夫婦はあわただしく出発し、追って転任・転居の挨拶状が届いた。住所を見ると、マンション暮らし……。そえ書きを見ると、芳彦が訪ねた家は売りに出すらしい。古い家

ではあったけれど、

――関西勤務はよほど長いのかな――

と訝った。

挨拶状には〝お近くにお越しのおりはお訪ねください〟と決まり文句が記してあったけれど、芳彦が訪ねる機会はなかった。考えてみれば佐伯とはそれほど深い関係ではない。たまたま気分が合い、家まで訪ねて親しんだけれど、それだって、

――こっちが勝手に感じたこと――

つまり、佐伯にとっては、面倒をかけたことへのお礼であり、佐伯夫人はだれに対しても愛想がいいだろう。芳彦自身、自分を省みて厭な客ではなかったろうけれど……。そして佐伯とはおたがいに心の奥では通じあうものが少しくらいあったとは思うけれど、利害関係があるわけではなし、一生続くほどの関係ではない。なによりも接触の機会が少なかった。短かった。夫婦の様子に憧れを抱き、それが芳彦の一生を左右する誘因となったのは、これこそ、まったくもって、

――こちらだけの事情――

佐伯にはなにも話さなかったし、話すより先に関係が途絶えてしまった。

だから、いっとき佐伯の家を訪ねて親しんだこと自体が些細なエピソード、特筆大書するほどの出来事ではない。すぐに忘れてしまいそうなのに、一つだけ、

——あれはおかしかったなあ——

鮮明に記憶に残ることがあって、それが呼び水となって、あのころのくさぐさが甦るのだ。

それと言うのは……二度目に訪ねたときだった。表玄関の鍵がかかっていたので、

「ごめんください」

声をかけながら脇の路地を……隣家とのすきまを踏んで庭のほうへ首を伸ばした。小さな家だから、一度訪問していれば見当がつく。

佐伯は庭に出て、本の虫干をやっていた。芳彦が来たことに気づいたが、そのとき家の中から夫人の声が聞こえて来た。

「あなたァ、裸ですよォー」

明るい、さわやかな声……。コロコロと弾んで、春の光のように響く。

夫人の声については、初対面のときから不思議に思っていた。わけもなく快いのだ。声のよしあしと言えば、まず歌声を考えるが、それとはべつに話し声にも、

——いろいろとランクがあるんだ——

と、佐伯夫人には特上クラスを想定していたのだが、このときは真実輝いているように感じられた。しかも声の中身がおかしい。普通ではない。すぐには意味がわからなかった。

佐伯がチラリと家の中をのぞき、それから、首をまわして芳彦に笑いかける。はにかむように……。

芳彦がそのまま庭に踏み込むと、夫人は笑いながら廊下に立っている。佐伯が家に入り、芳彦に向かって、

「どうぞ、そこから」

と招き入れる。芳彦は佐伯の視線を追ってリビングルームのテレビを見た。そこで「裸ですよ」の意味を覚(さと)った。

テレビに裸の女性が……もちろん全裸ではないけれど、相当にあらわな姿の女性が映っている。踊っている。

つまり……この家ではテレビに女性の美しい裸形が登場すると……夫人がそれを見て夫に呼びかけるらしい。

夫人は夫と芳彦を交互に見て、

「困りますねぇ」

と、ことさらに眉をひそめ、佐伯のほうは、

「あははは」

と笑う。

テレビの画面はすぐに変わった。

それだけのこと……。でも、なんだか楽しい。芳彦までうれしくなってしまう。こんなことが軽やかにおこなわれるなんて、

――やっぱりいい夫婦なんだ――

すでに感じていたことであったが、あらためて芳彦は思い直した。

ほかの夫婦がやったら、それほどの快さを生まないのかもしれない。とりわけ夫人の輝くような発声を抜きにしては、この快さはありえない。

ちょっとした戯れに違いないけれど、ほのぼのと見えてくるものがある……。

三度目に訪ねたときにも……芳彦が小用に立つとき、同じことがくり返された。

「あなたァ、裸ですよォー」

あい変わらずさわやかに聞こえた。習慣になっているらしい。

が、これを最後に佐伯は転任し、もう芳彦が佐伯の家を訪ねる機会はめぐって来なかった。夫人の輝く声を耳にすることもなかった。いつのまにか佐伯も、夫人も遠い存在になってしまった。

そのまま六年が過ぎた。現実問題として、佐伯のことなどほとんど忘れかけていたのだが、ある日、東京駅の新幹線のホームで、

「あっ、佐伯さん」

「やあ、久しぶり」

佐伯は重そうなボストンバッグをさげて下りののぞみに乗ろうとしていた。芳彦は名古屋から帰ったところである。

「ときどき、いらっしゃるんですか、東京へ？」

「うん。来ることは来るけど、日帰りが多いんだ」

「大変ですね」

「まあね」

発車時間が迫っていた。

「奥様、お元気ですか」

「ううーん」

と口ごもってから、

「実は離婚したんだ」

サラリと言う。

一瞬、聞きちがいかと思った。

「離婚……ですか」

「そう。人間関係はむつかしいね。あなたは結婚したんですよね。おめでとうございます」

「ええ。でも、どうして？」

自分のことより佐伯の事情のほうが重たい。

佐伯は乗り口に近づきながら、

「関西の水が合わなかったのかなあ。いずれゆっくり……。大阪に来たら連絡してくださいな。しあわせにね」

「はい……」

アナウンスメントが流れてドアが閉じ、窓越しに佐伯の表情が、

「それほどのことでもないよ」

と告げているように映った。

走り去って行く列車を見送りながら、

――信じられない。一緒に乗って行くべきだったろうか――

と、かすかな後悔を覚えた。乗り込んで事情を確かめるべきだったかな、と……。

しかし、のぞみは名古屋まで止まらない。同行は無謀だし、佐伯は迷惑かもしれない。

他人にくわしく話したいテーマでもあるまい。

――仕方ない――

けれど、なぜなのか。関西の水が合わないなんて……あんなに仲のいい夫婦だったのに……。

その日、家に帰って芳彦は妻の史恵に話した。

「あ、そうなの」

史恵はそれほどよく佐伯を知っているわけではない。

「奥さんは根っからの江戸っ子だったから。やっぱり関西はまずかったのかなあ」

「そういうこと、あるでしょうけど、でも……」

と、言い淀(よど)む。

「でも？」

「それだけの理由で離婚したんじゃないと思うわ」

「俺もそう思う」

じゃあ、なんなんだ？

「やっぱり女性関係でしょ。先生が若い教え子と仲良くなったりして……。年上の奥さんだったんでしょ」

「うん」

佐伯夫人は細身で……不謹慎ながら裸形のチャーミングな人ではなかったろう。教え子は、すごい肉体美だったりして……。

「目つきがちょっと……」

と、史恵は視線を遠くへ延ばす。佐伯が図書館へ通っていたころ、史恵も一、二度は会っているはずだ。

「目つき？　佐伯さんの？」

「ええ。整った顔立ちだったけど、目が少し怪しいの」

「怪しい、ってどう怪しい？」

「わかんないわよ。セックスが少し……」

「すけべえっぽい？」

「そこまでは言わないけど」

何かを感じたらしい。

「ふーん」

「なにか深い事情があったんでしょ。夫婦のことは、はたからわからないわよ」

あれこれ思案をめぐらしてみても、納得のいく答の得られようはずがない。だが、関西の水が合わない、という理由より、ほかに親しい女性が現われた、のほうがありうる理由だろう。そう言えば、佐伯は結婚のとき大きな借金があったとか。

やっぱり女性関係への費えだったのかもしれない。否定をしていたけれど、佐伯は良識ある人格とはべつに、女性には少しゆるいところがあったのかもしれない。

それから一年ほどして、また偶然、神田（かんだ）の文化会館で芳彦は佐伯に会った。いや、会ったのではなく、見たのである。

佐伯は前からここをよく利用していた。佐伯に教えられ、昨今は芳彦も時おり利用している。二階のレストランからガラス窓越しに階下のラウンジがよく見える。

芳彦はレストランで二人の年輩者と会食をしていた。仕事に絡んだ接待である。

なにげなく視線を移し、下のラウンジに、

――佐伯さんが来ている――

とわかったが、席を立つわけにいかない。さりげなく眺めていた。

そのうちに佐伯が出入口のほうへ手をかざし、近寄って来たのは……佐伯夫人、もと夫人の姿だった。遠目ながら、

――少しふけたかな――

四十代のなかばを過ぎているだろう。が、様子は年齢より若々しい。佐伯にほほえみかけ、腰を折りながら、おそらくコロコロと、あの弾む声で挨拶を告げている……。

仲睦(なかむつ)まじい二人に見える。

――離婚は本当のことだったろうか――

佐伯自身が言ったのだから……嘘(うそ)をつくはずがない。逆に、いま夫婦であるならば、こんなところで、こんなふうに会うケースはないような気がする。

終始、円満に話し合っているように映った。そして十分ほどすると前後して立ち上が

り、べつべつに会館の外へと消えて行った。芳彦のほうは、なおも会食を続けていなければならなかった。

——やっぱり別れたのかな——

二人のあいだになにがあったのだろうか。

さらに半年ほどが流れて、芳彦は故郷の同級会に出席して田伏先生に会った。初めに佐伯を芳彦に紹介した、あの日本史の教師である。二人だけになったとき、

「佐伯さん、離婚したんですか?」

確か田伏先生は佐伯の遠縁に当たるはずだった。

「そうらしいねぇ。いい奥さんだったのに」

「理由はなんだったんでしょう」

「知らないの?」

「はい?」

田伏は事情を知っていた。

「淑郎君は……」

と佐伯の名前を言い、一つ咳払い(せきばら)をしてから、

「女より男が好きだったらしい」

青天の霹靂(へきれき)……とでも言えばよいのだろうか。

「えっ、本当に。そんなこと、あるんですか」

「あるさ。驚くほどのことじゃない。百人いれば一人くらいいる」

田伏先生は、新しい文化でも語るように……少し得意げに言った。

芳彦が驚いたのは、その性癖の実在するパーセンテージについてではない。百人の中に十人いても驚きはしまい。ただ耳もとにキラキラと響くのである。

「あなたァ、裸ですよォー」

なんて、あれも姉さん女房の教育だったのだろうか。わからない。夫婦のことは、わからない。

独りぼっち

一

東京の空の下に夜が落ちると街はたちまち彩りの海と化す。うごめく光は美しいが、夜の底にはさまざまな孤独が散っている。心のさびしい人はいないか。独りで生きている人は悲しくないのか。みんなが話し相手を捜している。だから、

「行って来るわね」

夕刻。五時を過ぎると絹代(きぬよ)はアパートの奥の部屋に向かって声をかけて出かける。いつも通り、少しも変わらない。声は明るく響いて快い。若いころ劇団の女優であったというのは本当だろうか。

ドアを開け、ドアを閉じた。アパートの階段を下りた。

駅までは十分足らず。巡回のバスも走っているが、雨でも降らない限りたいていは歩

いて行く。六十歳を過ぎて足腰が弱り始めた。この道筋はできるだけ歩くよう努めている。

　地下鉄に乗り、新橋で降りる。烏森の通りを急ぐ。アーケード街で豆腐とおでんの種を仕入れた。角の店で〝中国茶大安売り〟とあるのを見て足を止めた。連れあいの耕司が「本場ものはやっぱり、うまいな」と言っていた。

　産地直送の龍井茶。小さな缶が三千円と、高い。

「本物なの？」

「ママさん、うちはいい加減な商売してないよ」

　半白頭の店主に睨まれ、一缶だけ買って手さげ袋に収めた。

　路地裏にまわり込み〝酒どころ絹代〟は間口二メートルほどの店である。看板はすすけて読みにくい。鍵を開け、灯をつけた。奥に向かってカウンターが延び、椅子が五つだけ並んでいる。

「よいしょ」

　とカウンターの中へ入った。

　ビール、清酒、焼酎、ウイスキー、少し前からサワーを置くようになった。あとはウーロン茶か、無料のお茶。酒肴は板わさ、柿の種、あたりめ、焼き海苔、ピーナツ、キス・チョコ、もずく、簡単なものに加えておでんを煮る。湯豆腐を用意する。

五つの席がいっぱいになるのは珍しい。四人も坐っていれば、格子戸から覗いた客が「おっ、いっぱいか。あとで来る」と去って行く。絹代も客が一人か、二人のほうが相手をしやすい。

七時過ぎに最初の客が現われた。黒いスーツに黒いネクタイ。四十代のなかば……。女主人は、

「いらっしゃい」

声よりも表情で迎えた。

「えーと、お酒。熱燗で、すゥぐ酔いたい」

「はい」

と頷く。もちろん顔見知り。いちげんの客の来る店ではない。が、絹代は相手が何者か、ほとんどの場合知らないのだ。

小鍋に目分量で清酒を注ぎ、電気プレートで温める。コップに注ぐと湯気が立った。黒いスーツは、クイ、クイと一気に飲み干し、

「もう一ぱい」

肩こりでもほぐすように首を左右に曲げて振った。絹代は自分の茶わんに番茶をいれ両掌で包む。さりげなく、ゆったりと、客がなにかを話し始めるのを待つ。

この呼吸がつきづきしい。絹代自身はよくわからないのだが、ここに来る客はたいて

いがそれを知っている。それがこの店の第一のサービスなのだ。短い沈黙のあとで、

「たまらんよなぁ」

案の定、客が声をあげた。

「なーに？」

「梶塚(かじつか)の三回忌でさァ。覚えてるだろ、梶塚？　前に一ぺん一緒に来た」

「ああ。多分、あのかた」

と答えたが、思い出せたわけではない。

「ちっちゃい子が三人もいるんだ。奥さんは職場結婚でさ、昔はきれいな人だったのに、なんだかすすけちまって。生活も苦しいらしい」

「でしょうねえ」

「優秀なやつだったんだよ、梶塚は。おれ、高校のときから一緒だったんだ。おんなじ会社に入って、おれ、正直やばいと思ったよ。絶対にかなわんもん、やつには。頭はいいし、実行力はあるし、英語までペラペラだったもんな。同期でだんとつ、一番先に課長になったし、将来、役員は確実、社長候補って言われてたんだ」

「そうでしたの」

曖昧に答えながら、もう一ぱい熱燗を作り、板わさをそえた。

――確かこれが好物のはず――

好物かどうかはともかく、いつもこれを注文していたような気がする。苗字は田所……。多分そう。

「今になってみると、生き急ぎ？　そんな感じだったなあ。なにをやっても急いでいるような感じだった。事実仕事は速いんだから急いでいるように見えて当然なんだけど」

　と板わさを口に放り込み、喉にからんだのか一つ咳払いをしてから、

「ありゃやっぱり自分の命の短さを知ってたんだろうな。結婚も早かったし。そこへ行くと、おれなんかテレンコ、テレンコ、ゆっくりやるほうだからな。速くやれったって、やれんのだから世話ないよ。同じことやってもグーンと差が出る」

「いいんじゃない、それも」

「ほら、坂道があるだろ、神社の境内なんかに」

「なにかしら」

「傾斜はきついけど、短くて早く行ける坂と、なだらかでトロトロ登っていくのと。男坂と女坂か。そう言うんだろ、あれは。人生もそうだよな。どっちがいいんだか」

「ゆっくりもいいんじゃないの」

「まあな。梶塚は、まったく男坂だったな。最短距離をどんどん登って行く。あの世まで早く行っちまって。奥さんが〝あれよ、あれよって言う間に〟って嘆いていたよ。残されたほうは辛い。きれいな人だったのに」

「おれ？　なにせナンバー・ワンだったからな、彼女は。たいていのやつが気にかけてた」

「好きだったのね？」

「同じ職場？」

「そう。しかし、おれは梶塚が狙ってるってわかったとたん、即やめたよ。無駄な努力をしちゃいかん。よくわかっている。それがさァ、今ごろ、彼女は三人も子どもを預けられちゃって。すすけちまって」

　同じ文句をくり返す。

「かわいそうね」

「まったく」

「わるい気を起こしちゃ駄目よ」

「えっ？」

　すぐに理解しないのは、気づかないふりをしたのか、それとも本当にわからなかったのか、すぐににやついて、

「いや、いや、いや、それはない。梶塚とは、ホント親友だったんだから。おれ、尊敬してたんだ。だから、やつが死んで力になってやりたいとは思ったけど、野心はない、ないよ。いくらなんでも人道に反する」

「そうですよ」

「ただささ、人の運命なんてわからんものだなって。笹本(ささもと)さんも……彼女の旧姓、笹本っていうんだけど、おれと一緒になってたら、未亡人ってことはなかった。おれのほうはゆっくりのんびり、健康第一だからな」

「うふふ」

今でもその未亡人におおいに気があるようだ。

――この先、どうなるのかしら――

と思案が絹代の脳裏をかすめたが、多くは問いたださないのが〝酒どころ絹代〟の方針だ。方針というより身についたやりかただ。ただ相手の言うことに耳を傾ける。すなおな心で聞き入る。それだけのこと。この客も、この先進展があれば、また話しに来るだろう。

黒いスーツは三ばい目を飲んで、さらに饒舌(じょうぜつ)になり、

「死んじまったら、それでおしまい。みんな焼き場で燃やしてしまう。せめてあの英語ペラペラの脳みそだけでもおれに譲ってくれたらなあ。ま、子どもがいるから、いいか。みんな賢い子らしい。梶塚に似て優秀なら奥さんも報われる。いくら器量がよくたって年を取りゃすすけるさ。うん。しかし、昔はきれいな人だった」

次の客が格子戸を開けるのに気づいて、

「ご馳走さん。お勘定。また来るよ」

そそくさと席を立って出て行く。

「ありがとうございます」

外は暗い。四角い闇の中に次の客が立っている。体を堅くして、すぐには入って来ない。

「いらっしゃいませ。どうしたの？」

視線を延ばしてながめた。

これも独りぼっち。この店の客にしては珍しい三十代。珍しいから絹代も、

――浜田一郎さん――

と名前を覚えている。

でも様子がおかしい。

「早くう、風が入るわ」

「うん」

おずおずと入って来て、一番奥の席に坐った。ため息をひとつついた。

二

浜田はクシュンと鼻水をすすってから、

「おれのうしろに、だれかいた？　今、戸口のとこ」

と格子戸のほうを顎で指す。細長い酒場。絹代がカウンターの中から、

「べつに。どうして」

「ビールでいいや」

つぶやいてもう一度戸口のほうを睨んだ。

色白の、整った顔立ちだが、表情の変化に心の弱さが見え隠れしている。キョトキョトと落ち着かない。確かこの前に来たとき「死体を一つ背負わされた」と言っていた。なんのことかと思ったら、職場で若い女性が自殺して、残されたメモに〝浜田さんが好きでした〟と書いてあったらしい。「おれ、なんの関係もないんだ。そりゃ二年も隣の席に坐っていたんだから冗談の一つくらいは言ったよ。でも二人だけでコーヒー一ぱい一緒に飲んだこと、ない。いきなりなんか関係があるみたくメモを残されてもなァ」。弁明しても周囲からは白い目で見られる。なにかがあったのだろうと疑われる。なによりも当人がそんな気配を察して気にかける。それで死体を一つ預けられたと感じたらしい。しきりに嘆いていた。

今夜もビールを一くち飲んでから、

「たまんねえよ。おれ、山形から出て来て独り暮らしだろ。ぼつぼつ嫁さんをもらおう

として、適当な相手が見つかったんだけど、その娘が〝あなた、変よ〟って言うんだ」

「どうして」

「〝うしろにだれかいる〟って。待ち合わせたときとか、ドアからおれが入って来たときとか〝うしろに髪の長い女の人が立っている〟って」

「あら、そうなの」

普通の話ではない。絹代はことさら明るくつぶやいた。

「前に自殺した女がいるって、彼女、どっかで聞いたらしいんだ。髪が長かったことも。それでさァ」

と言い淀み、もう一くちビールをすすった。

絹代はあたりめをあぶろうかと手を伸ばしたが、

——この人、噛み込むのが下手なはず——

昨今の若い人によくある特徴だ。三十代が若いと言えるかどうかはともかく、この人は飲み込みがよくない。焼き海苔を小皿に並べてカウンターに置いた。

「今、どうだった?」

たった今、格子戸の外に立ってすぐに入って来なかったのは背後を絹代に確かめてもらいたかったかららしい。

「べつに。だれもいなかったわ」

「いるはずないよな。おれ、わるいことしてないもん」

「ええ」

くわしいことはわからない。深くは尋ねない。黙って聞く。話したいことを気ままに話してもらう。そして絹代はあいづちを打つ。まれには軽く首を振る。絹代の、このさりげない対応が相手の心を寛(くつろ)がせるらしい。半端な気持ちで聞いているわけではない。いつも熱心に自分がその立場だったら、と考える。

まったくの話、当人が真剣に考えて答の出せないことに、そうそううまい答のあるはずがない。絹代はそう信じている。それがよいのかもしれない。

「いつも同じなの？　髪の長い人で」

「わからない。ただの気のせいだと思うけど、やっぱりいやだよな。気にしないのが一番だよ」

自分で結論をくだし、ビールを一本だけ飲んで立ちあがった。絹代としては、

——今度現われるときは、どうなってるかしら——

相手の女性に、ただ単純に頼りないと思われているだけかもしれない。でも絹代はなにも言わない。カタンと格子戸が閉じた。

客がいなくなると、店が古くなる。古さが目立つ。内装の汚れが見えてくるのだ。

——だれか来ないかしら——

すると、このタイミングを計っていたみたいに威勢よく格子戸が開いて、

「だれもいなくてよかった。店は困るだろうけど」

眼鏡の赤ら顔が滑り込んで来た。

「いいのよ、これで」

この人は最近言葉遊びに凝っている。老後の楽しみに俳句を勧められ、始めてはみたものの句会ではペケばっかり。楽しめなくなってしまい、次に始めたのが、

「ママ、知ってる、回文？　竹やぶ焼けた、ダンスがすんだ、キャバレでレバ焼き、さかさに読んでもおんなじやつ」「聞いたことあるけど」「子ども騙しだと思ってたけど、やってみると結構おもしろい。俳句とちがって才能がいらない。根気だけだ、いり用なのは。やりだすと町を歩いてて看板でも標識でも字が書いてあれば、かならずひっくり返している。ビキニにきび。薬にリスク。田代湖で殺した」。ここまでがこれまでの会話だった。今夜うれしそうにしているのは、

「名作ができてねえ。ママに褒めてもらおうと思って」

「はい、はい」

せっかくよい作品を創っても鑑賞してくれる人がいなくてはつまらない。絹代が一人でぽつねんとしているカウンターは、この目的にふさわしい。

「これ、どう。青少年向きじゃないけど」

　内ポケットから折り畳んだ紙を取り出し、カウンターの上に広げた。ひらがなだけの文章と、漢字交じりの文章とが並べてある。〝ぬらしてはしょやははやよしはてしらぬ。濡らしては初夜ははやよし果て知らぬ〟

　と二行に分けて綴ってある。

「長いのね」

「長いほどむつかしい。ママは新婚旅行どこさ行ったかね？　思い出あるじゃろう」

　とへんてこな方言で言う。

「忘れたわ」

「あはは。これどうかね」

「いいんじゃないかしら」

「いろいろ作ったけど、ほんと、むつかしい。ダムは無駄。エコノミック罪の声、夜霧は降るゴルフ張りきるよ。しかし、これが今のところ一番の傑作だ」

　指先でいとおしそうに紙を撫でる。最新作を自慢するためにわざわざここまで足を運んで来たらしい。ほかの店なら馬鹿にされかねない。無邪気に語り、おでんを平らげて帰って行った。

　ひとしきり薬缶の鳴る音が聞こえ、十時過ぎに初老の客が一人入って来た。ソフト帽を脱いでカウンターのすみに滑らせる。ぼんやりと、さびしそう。

――なにかあったのね――

でも、すぐには尋ねない。まず飲みものから。

「お酒を。ぬる燗で」

「はい。おでん、いかがですか」

「いや、もずくをもらおう」

皿を並べ絹代はゆっくりと待つ。この客は数年前奥さんに先立たれ、子どもたちもそれぞれ独立して今はたった一人、犬と一緒に暮らしているはずだ。

視線をそらしたままおもむろに、

「犬を殺してしまった」

「あら？」

「安楽死だよ。あっちこっちわるくなって、もう助からない。長い命じゃないってわかってからも、いろいろ延命処置をやってもらったんだ。点滴とか。でも犬は苦しむだけ。生かし続けるのは飼い主のエゴなんだ。自分はむごいことをしたくない。で、犬は苦しむ。夜通し苦しんでるのを見て、とうとう決心したよ。安らかな死に顔だった」

「いくつでしたの？」

「十四歳かな。長生きのほうだ」

「そうねえ」

「ポカンとしてしまった。女房のときも辛かったけど、あのときは覚悟もできてたし、子どもたちもみんな集まって来てくれてた。これほどひどい孤独感じゃなかったな。今は、ほんと、一人ずついなくなって、次に自分がいなくなって、そしてだれもいなくなった、だな」

「いやですよ。次を飼えないの？」

「駄目だな」

「愛情がちがうから、ですか」

「それもあるけど、こっちの命が持たない。次も十四歳まで生きるとなると、こっちが先に死ぬ」

「まさか」

「いや、まさかじゃない。それがしみじみわかるからまた辛い。犬も愛せないのかって」

「ええ」

こんなとき絹代は否定をしない。いい加減な慰めは吐かない。現実は現実として受け入れ、そのうえでなにかしら心を注ぐ方法を考える。じっと相手を見つめ、

——わかります——

その気持ちだけを伝える。

「いい犬だったな。外犬なのに、こっちの心がよくわかってね。甘やかしてるときは甘えるけど、本気で叱れば二度とへまをやらない。こっちがしょげていると一生懸命はしゃぐんだ、元気づけようとして」

しばらくは愛犬の思い出話が続いた。〝酒どころ絹代〟に一番ふさわしい客かもしれない。

「すっかり長居をしたね」

店を閉めたのは十二時に近かった。

三

「日本でサイコセラピーがあまり普及しないのは、ほどよい酒場があるからだ」

とアメリカ人のジャーナリストが言ったとか。

サイコセラピー、訳して心理療法。心にわだかまりを持つ人の障害を解きほぐし、治療する医術の謂だ。眠らせたり薬物を用いたりするケースもあるが、まず第一は患者に喋らせること、不安を語らせること、そこから障害を判断する。話をさせること自体が屈託を解くことにも繋がる。

なるほど日本の酒場では女将やホステスが客の悩みや愚痴や自慢話に耳を傾けてくれ

る。それなりにストレスの解消に役立つだろう。障害の予防になるかもしれない。そこで、

「行って来るわね」

五時を過ぎると絹代は身支度を整え、明るく声をかけてアパートを出る。

四辻（よつつじ）を横切ると、頰に雨粒を感じ、

——降るのかしら——

店には置き傘がない。取りに帰るのも面倒だ。店の近くにコンビニエンス・ストアがある。

——あそこで買えばいい——

と思ったとたん連れあいの耕司と再会したのも雨の日、コンビニエンス・ストアの店先だった、と情景が心に浮かんだ。

十数年前……。にわか雨に遭い、安い傘を買おうとして財布の中を探っていた。店に売りものの傘は一本しかなかった。絹代がぐずぐずしているうちに横から男の手が伸びて、スイと傘を抜く。

——あら——

とばかりに見つめた。すると相手も絹代の表情に気づいて、

——買おうとしてたんですね——

顔を見合わせ、一呼吸をおいてから、

「絹さん？」

「耕ちゃん？」

二十年ぶりの再会だった。

絹代は高崎市で生まれ育った。舞台女優に憧れ、親の反対を押し切って上京し劇団の研究生となった。耕ちゃんは、そのころの仲間である。結局はどちらも芽が出なかった。それでも絹代のほうは何度か舞台に立ち、テレビの端役くらい務めたことがあったけれど、耕ちゃんは比較的早い時期に道具方に転向していた。

劇団員はみんな生活が苦しい。アルバイトをやらなければ生きていけない。絹代は四谷のバーに勤めた。そのあともしばらくはあちこちでホステス業に就いた。耕ちゃんは確か富山の出身で、倉庫番のような仕事をやっていたはずだ。

ずいぶんと昔のことだが、二人は劇団の中でそこそこに親しかった。生活にゆとりがあったら……デートの余暇があったら、もっと親しくなっていただろう。耕ちゃんのフルネームは田中耕司である。

――この人と結婚すると、私、田中絹代になるのかあ――

そう思ったことを覚えているから、その可能性を少しは考える仲だったろう。言うまでもなく田中絹代は往年の名女優である。

が、なんのロマンスもなく耕ちゃんは消えてしまい、絹代も劇団を離れた。そのうちに絹代の故郷で、まず先に母が事故に遭い、父が脳梗塞で倒れ、十年余りを看病に費やした。

このあたりの歳月は、いつのまにか過ぎてしまい実感が薄い。両親が死に、たった一人の弟も苫小牧の製紙会社に行って肉親の縁が薄くなる。絹代は独り東京へ戻ったが、もうホステスをやる年齢ではなかった。料亭の仲居に入り、間もなくまかされてカウンター割烹の女将を務めた。耕司と再会したのは、この時期である。耕司もずっと独りぼっち、倉庫番をやめ、印形を彫る職人に変わっていた。手先の器用な人だったが、富山ではそれが家代々の職業だったらしい。デパートや文具店から注文を受け、一人住まいのアパートでこつこつと刻んでいた。

こんな二人が再会して、もう四十代なかばを過ぎ、いまさら若い人のように華やかな関係にはなれなかったけれど、それでも恋は恋、思い返してもほほえましい日々が続いた。

そして結婚。まさしく田中絹代となったが、もうこの名前を知る人も大分少なくなり始めていた。

夫は家で働き、妻が外へ出て行く。それでも二人で紡ぐ生活は睦まじく、楽しい。

――一生に一人でいいから、いい人を見つければ、それでいいのよ――

絹代はしみじみそう思い、いつしかそれが口癖になってしまった。

――本当にそうよ――

いつもの道を踏みながらあれこれと思いめぐらすうちに身体だけは動いて烏森の交差点を渡った。すると古道具屋のショウ・ウインドウで珍しい玩具が動いている。さながら絹代の思案に応えるかのように……。

――水飲み鳥って言ったかしら――

水鳥はシーソーみたいな構造。脚を立て、その上でガラス管の胴体が上下に動く。頭のほうには目玉と長いくちばし、尻尾のほうには楕円球の容器がつけてある。くちばしの先に水を入れたコップがあって、鳥はくちばしをここに入れて水を飲む仕ぐさを示す。そして次に頭を上げる。胴を揺らし、また頭を下げて水を飲む。いつまでもこの動きをくり返している。

絹代が胆石の手術で入院したとき、耕司がこの玩具を持って見舞いに来てくれた。

「おもしろいぞ。寝ながら見てるといい」

「なんなの?」

「永久運動だ」

確かに……。電池が仕かけてあるわけでもないのにいつまでも同じ動作をくり返している。夜中に目を開けても動いて水を飲んでいる。おもしろい玩具だ。

あれ以来ずっと見かけなかったけれど、古道具屋のショウ・ウインドウにいるのを見て、

「ごめんください。あれ、売っていただけません？」

と頼んだ。

「売り物じゃないんだけど、いいすよ」

快く譲ってくれた。適当なボール箱に納め、きれいな包み紙で包んでくれた。

今夜のおみやげになる。深夜ボール箱をさし出し、

「珍しいものよ。当ててごらんなさい」

と言ってやろう。絹代は独り笑いを浮かべて店に着いた。

おでん種を鍋に入れ、電気プレートのスイッチを押す。温まるより先に三人組が入って来た。

「ちょっとだけ」

「どうぞ」

みんな若い。八時から近くでなにかのショウが始まるらしい。それまでの時間潰し。

若い人には勘定の安さが大きな魅力となる。

仕事の話が途絶えると、

「ママさん、この中でだれが一番先に結婚すると思う？」

みんな独身なのだろう。

「さあねえ」

「一番女に飢えてるの、だれだ」

「お前だろ」

「ゆとり、ゆとり」

「ママさんだったら、だれ選ぶ？」

「さあ、だれかしら」

体を反らして三人の顔をながめた。まん中の一人が、

「ママも若いころはいろいろあったんでしょ？　教えてくださいよ、女性にもてるノウハウを」

「どうかしら。忘れちゃったわ」

絹代は自分の過去を滅多に話さない。語るほどのことではないし、聞き役のほうが性に合っている。

「まったく。こつはなんなんだ？」

「一人いい人を見つければいいのよ」

「まあ、そうなんだろうなあ。それがどこにいるか」

「来る日も来る日も、たった一人で寝てると、なんでもいいからほしくなる」

「おい、おい、おい」

「一人寝は辛いぜ」

「柱にしがみついて〝はるみさ～ん〟って」

「はるみさんて、だれよ？」

「たとえばの話よ」

「総務課の彼女か」

「ちゃう、ちゃう。ああ、だれかいい人、いないかなあ」

ガチャガチャと騒ぎ、三十分ほど時間待ちをしてから、

「お邪魔しましたあ」

安い勘定を割り勘にして出て行った。

みんなさびしいのに、なかなかよい相手にめぐりあえない。

——よい相手を見つけたら、もうここには来なくなるんでしょ——

〝酒どころ絹代〟はあまりはやらないほうが世のため人のためなのかもしれない。

四

次に引き戸を開け、含み笑いを浮かべながら入って来たのも若いサラリーマン。確か

公務員。独身。お嫁さんをほしがっている。まじめそうで、絹代としては、

――わるくない――

と思うけれど、当世風とは言えないタイプだから、若い女性には人気が薄い。つまり、もてたいのにもてない。

「おれの友だちに次郎ってのがいてさア」

この人もまたはっきりと話したいことがあって訪ねて来たらしい。

「ええ」

「ＭＭＫじるしなんだ」

「なによ、それ？」

「もてて、もてて、困る、の頭文字」

「すごいのね」

「いつも自慢してるから、嘘じゃないかって疑ってたんだけど、このあいだ〝一晩つきあえ〟って誘われてさあ」

「どうでした？」

「一晩に三人の女性と会った。確かにみんな彼とできてる。彼に惚れてる」

「ＭＭＫなのね」

「うーん、それがねえ……。確かにもててはいるんだけど、おれ、三人の女性を見て

〝べつに、こんな女にもてなくてもいいか〟って。レベルが低かったなあ、次郎の彼女たちは」

「そうなの」

「つまりやたらもてるってのは目線が低いんじゃないのか。レベルの高いとこ見てたら、そうはもてない。低いとこばかり見てればもてる」

「言えるかもね」

「だから……もてないと嘆く君たちよ、君は目線が高いんだ。誇り高くあれ、てなもんよ」

「いいんじゃない、それで」

「そう。ＭＭＫなんか恐くない。ねっ？」

あいづちを求め、自分自身を納得させ、ビール一本を干し、柿の種を残して帰って行った。

今夜は次の客がなかなか現われない。

――どちら様も今夜は心が満たされているのかしら――

帳簿のチェックをしていると、

「今晩は」

中年の紳士が現われた。大学の先生……。

「冷酒。氷はいらない。おでんを少し。はんぺんをナイフで切って」

常温の酒を酌み、おでんを突いていたが、急に、

「ママさんは偉いね」

真顔で言う。

「どうしてですか」

はんぺんをほおばってから、

「このあいだ、昔、親しかった女性のところへ見舞いに行ってねえ」

「初恋の人、ですか」

「恋人じゃなかったけど、親しかった」

「ええ」

「もう余命がいくばくもない。四十五歳で死を待つばかり。げっそり痩せてしまって。顔なんか灰の色だ。彼女、近しい身よりがだれもいないんだ」

「ご結婚は？」

「しなかった。しなかった、と思う。どういう生きかたをしたのか、そりゃなにもかも本人の責任だろうけどねえ。どう頑張ってみても結果としてひどい運命に遭って、なんの希望も持てずに死んで行かなきゃならんこともあるんだ、人生には。彼女がそう。慰めようがないんだよ」

「ええ」

「リップ・サービスは通用しない。どう慰めても嘘になる。だって、そうだろ。〝いまによくなる〟って言ってみたところで、よくならないのを当人が一番よく知っているんだから。〝さびしがること、ないぞ〟って言っても、さびしい条件だけがそろっているんだ。なにを言ってもむなしい。私ゃ、ただ手だけを握って、なんも言わなかった。〝悲しいね、人間て〟って掌のぬくもりだけで伝えて彼女の心と同化することを考えたよ。本当にさびしい人には、下手なことを言ったりせず、ただその人と同じ心になってやること、それが一番いいし、それしかないような気がしたんだ」

「そうねえ」

「そうしたら、帰り道、ママのこと思い出してさ。あなた、そうだもの。こざかしい意見は言わない。ただ聞いて、しみじみ頷いてくれる」

「ほかに能がないからよ」

「いや、ちがう。すばらしい聞き手なんだ。テクニックの問題じゃない。真心があるんだ。さびしい人の心に同化してくれるんだ。人生が悲しいことをちゃんと知っていて、ただ〝悲しいね、さびしいね〟って言ってくれる。それがすばらしいんだよ」

「そんなに褒めないでください」

「いや、本当。案外、自分じゃ気づいてないのかもしれんけど、すごいよ」

「おそれいります」

「うちの娘が死んだときも、あんた、ここでなんにもいわずに私と向き合ってた。私と同じ心になってくれているんだって、わかったよ。いろんな人から、いろんな慰めをもらったけど、あんたの沈黙が一番心に染みた。あなた自身、いろんな苦労をして到達した境地なんだろうけど……偉いね」

「そんなこと、ありません」

「じゃあ天才かな。そうかもしれない。意図的にやっているんじゃなく、人柄そのものに、そういうところがある」

絹代は首を振り口を閉じた。

過度に褒められるのは好きではない。重苦しい。たくさん言われると嘘っぽく聞こえてしまう。相手にもそれがわかったのかもしれない。客は静かに飲み、絹代はそれを静かに見守っていた。

「ありがとう。失礼する」

「はい」

かならずしも「またどうぞ」とは言わない。気がつくといつも言っていないのだ。

少し待って店を閉めた。閉店時間は十一時だが、客がいなければ十時半に閉めることも多い。客がいれば十二時を過ぎても営業をする。

烏森通りはあらかたシャッターをおろしていたが、横の通りからはけばけばしいネオンの輝きが流れてくる。

――気分はプラス1くらい――

まれにはとてもいい気分で帰る夜道もある。たとえばプラス3くらいとか……。もちろんマイナス1もマイナス3もある。どちらともつかない夜もある。

最後の客に褒められたのはうれしいけれど、それとはべつに深いわだかまりがないでもない。本当に悲しい人にはただ〝悲しいわね〟と心でつぶやいて手を握ってあげるよりほかにないのかしら……。考えなおし、やっぱり、

――ない――

と思うのだ。このマイナスが大きい。それをさし引くと、いくら褒められても大きなプラスは実感できない。心をあえてプラスの方向に向け、

――MMKは目線が低いから、かあ――

と笑ってみた。そうかもしれない。それから、

――ほかにもいいことがあったわ――

突然ほほえんだのは水飲み鳥を手に入れたから……。とても懐かしい。この玩具、もう生産をやめてしまったのかしら。新品同様の玩具を見つけたのはラッキーだった。エーテルかなにか揮発性の液が入っていて、それが細い管の中で蒸発したり液体に戻った

り、その作用で永久運動を起こすのだとか。連れあいの耕司が熱心に説明してくれた。耕司にも懐かしい玩具のはずだ。よいおみやげになる。

絹代が帰るアパートの背後に大きなマンションが建ち、たくさんの窓がある。独身者用のマンション。灯がついているのは半分くらい。見つめていると、ポッン、ポッンと灯がつく。

——また一つ、ついたわ——

灯がついてもほとんどが孤独な光だろう。絹代の帰る窓にも灯がついている。

「ただいま」

鍵を開けて入った。

「おみやげを買って来ましたよ。なんだかわかる？　とっても珍しいもの」

紙包みを開けて水飲み鳥を取り出す。水を入れたコップをそえると、音もなく動きだす。

わけもなく窓の外を見た。東京の夜はあちこちに孤独を散らしている。さびしくて話し相手を求める人は多い。だれかがそばにいてほしい。

「疲れた」

今夜もいろんな話を聞いた。絹代もだれかに話さずにはいられない。今夜もいろんなことを話そう。

「ほら、懐かしいでしょ」

飾り棚の上に耕司の遺影が笑っている。短く患い、一昨年の秋にたった一人で旅立って行った。

水飲み鳥だけが、おどけて動いている。

鰐皮とサングラス

成田空港のエスカレーター。二階から三階へ到着する寸前のところで、

「あら」

永井夫人は踏み板の上で腰をかがめ手を伸ばし、ピクピクと靴先で蠢いている一円硬貨を拾い上げた。

「気をつけろよ」

うしろに立っている永井氏が声をあげ、腰を張って庇う。

事実、他の旅行客がどんどんと背後から上って来るので腰をかがめるのは危険である。

「でも」

夫人は拾った硬貨をティッシュ・ペーパーで拭い、小銭入れに収めた。

――一円玉がエスカレーターに食い込まれたら、どんな事故になるか、わからないわ――

こちらの危険も皆無ではあるまい。

永井氏は、夫人のこんな行動に馴(な)れている。それ以上は干渉することもなく、夫人を促して出発ロビィへと足を速めた。

バンコクへの旅である。

三泊四日。永井氏には商用があり、ゴルフの予定も組まれている。夫人のほうは一カ月ほど前に、突然、

「行ってみるか」

と誘われ、

「はい」

ギックリ腰も癒え、このところずっと体の調子もよいので、すぐさま頷(うなず)いた。

外国旅行は初めてではない。ハワイ、香港(ホンコン)、それから台湾。いつも夫と一緒である。ヨーロッパへも行きたいけれど、長い時間、飛行機に乗らなくてはいけないし、費用ももったいない。若い頃ならともかく、六十代のなかばを過ぎてしまったら、わざわざお金をかけてまで疲れに行くのは馬鹿らしい。だから訪ねるのは、せいぜい近間の外国に限られていた。

旅先ではおおむね永井氏は忙しい。商社マンとして半生を過ごし、今は小さな貿易会社の会長に収まっている。ビジネスに加えて、つきあいも多い。夫人はガイドをつけてもらい、気ままに観光地を散策するのがいつものスケジュールであった。

「ちょっと薬屋さんへ寄ってくださいな」

「買い物はここですましておけよ」

夫唱婦随。四十余年を円満に過ごして来た。永井氏も生真面目だが、夫人は輪をかけて志が正しい。おかげで二人の子どもはりっぱに育ち、それぞれが自分の家庭を持って恙(つつが)なく暮らしている。後顧の憂いはなにもなかった。

「クレオソートが切れてしまって」

「ああ。買っていったほうがいい。タイは水がよくないから」

ドラッグ・ストアに立ち寄り、旅行用の小ケースではなく、帰国後も家で使えるよう二百錠入りを買い求めた。

「千三百十三円です」

と店員に請求され、小銭入れを覗(のぞ)いた夫人の頰に、

——やっぱり——

とばかりに微笑が浮かぶ。

一円玉がちょうど三個。さっきエスカレーターで一円硬貨を拾っておかなかったら、

——一円足りない——

となっただろう。十円硬貨を崩して小銭入れの中が一円玉でいっぱいになるところだった。旅先では役に立たず、ただ邪魔になるだけのこと……。

掌の上に硬貨を広げながら、

「ねっ？」

と夫のほうを見返すと、

「ああ」

永井氏はなんの戸惑いもなく、夫人の心中を察して頷いた。

「いつもそうなんだから」

夫人は自分に言い聞かせるように呟いて支払いをすませた。

だれにだって性癖がある。生活の進め方に独自のやり方がある。度を超してきれい好きとか、ひどく時間にうるさいとか、あるいは見栄っぱり、知ったかぶり、吝嗇んぼう、よい癖もあれば、わるい癖もある。いずれにせよ程度を超せば、そばにいる者にとって迷惑になりかねないけれど、永井家の場合は、

――お母さんの癖？　まあ、いいんじゃない。わるいことじゃないし――

永井氏を始め、子どもたちもなべて永井夫人の性癖にはつねに寛大であった。年を取るにつれ一層ひどくなったきらいはあるけれど、だれも咎めない。夫人の癖は……そう、彼女の哲学と言ってもよいだろう。

「物にだって心がありますわ」

ほかの面では、とりわけ強い主義主張など持たない穏健なレディなのに、この件だけ

はひどくこだわってしまうのだ。

つまり……小さな、ほとんど価値を持たない一円玉にだって心がある。邪険に扱えば、きっと恨みを抱いて復讐(ふくしゅう)する。見捨てたとたんにエスカレーターが止まって飛行機の発着にも支障をきたすかもしれない。大切に扱えば、かならず、

――ああ、よかった――

恩返しをしてくれる。精いっぱい役立ってくれる。

当然のことながら夫人はこれまでにこの種の実例をあまた体験している。永井氏のほうはそのたびごとに夫人の理屈を厭(いや)というほど繁(しげ)く聞かされている。うんざりすることもあったが、昨今は、むしろ、

――そんなことも、あるかもしれん――

と頷かないでもない。物を大切にするのはわるいことではない。理屈はどうあれ、道徳として尊重されてよいことである。

永井夫人は幼い頃を新潟で過ごした。戦中戦後の苦しい時代である。住まいは広く、庭の片隅に白壁の土蔵があった。周囲に比べればずっと裕福な生活を営んでいたけれど、母方の祖母がすこぶるつきの節約家であった。廃物利用の名人で、ノートの白いページを集めて新しいノートを作ってしまう。蜜柑箱(みかんばこ)にきれいな和紙を貼って手文庫にする。

タバコの空箱は、いつの間にか土瓶敷きに変わっている。短い毛糸を集め、一本一本を二つに切って繋いで同じ毛糸玉を作り、複雑模様の靴下を一足、みごとに編みあげてしまう。子どもの目には魔法使いだった。

残念ながら永井夫人は手先が器用ではない。祖母の真似はできない。手作業には心が向かなかったが教訓は残った。よく聞かされた昔話が今でも耳に残っている。

「昔なァ、五泉の在に大っきな庄屋があったこての。屋敷も広いが庭も広い。倉が七つも並んで建っていたすけねぇ」

お国言葉である。少女は自分の家の土蔵を思い浮かべながら聞いていた。

「夜中に、この家のお祖母が目ぇさますと、どっかから三味線やら太鼓やら音楽が聞こえてくる。〝こんげなとき、だれが騒いでいるがや〟不思議に思って外へ出てみたら、一番奥の倉が怪しいこての。壁に耳つけたら、中から聞こえてくる。朝になってお祖父に言うたら、お祖父も夜になって捜しに出たがいの。やっぱし聞こえる。大騒ぎになって、お父が番頭を呼んで鍵出して、しばらく開けてない倉を開けてみたこての。したら二階の隅に、わけのわからん行李が一つあった。大きな荷物じゃが、だれの持ち物かわからん。店の品でもないこてね。気味がわるいすけのう、神主さんに来てもらって開いたんだて。したら、三味線やら太鼓やら笛やらが出て来た。お祖父が膝打って〝そうじゃった。八年前、七人芸の座頭衆が村に来て芸を見せてくれたじゃが、そのあと荷物を置いたまんま、どっかへ行ってしもうた。すぐ取りに来るような話じゃったが……。そのまんまここへ仕舞っておいたんじゃ〟そう言うて思い出したこての。座頭衆はどっかで難儀に遭って死んだのかもしれんのう。それを知って道具たちが我慢できずに騒ぎ出したにちがいない。神主さんが言い出し、神社に納めて祈ったら、もう騒がなくなったこての。長いこと放っておかれりゃ、三味線も太鼓も、昔を思い出して独りで騒ぎ出すがいの、やっぱし」

この昔話は少女にとってすこぶる示唆的であった。

——物にだって心がある——

幼い頃は頑なに信じた。成長してからは心の遊びも加わって、そんな想像をめぐらして楽しんだ。花だって「きれいね」と褒められれば、うれしかろう。ますますきれいに咲く。お菓子だって「おいしい」と言われれば、もっとおいしくなろうとする。この思案は楽しい。さらに三十年、四十年と年齢を重ねるうちに世の中が豊かになって物を大切にする習慣が消え失せるにつけ、永井夫人の心の中に幼い日の信念が強く甦った。頑なさを増して再現された。

この視点に立って日常生活を眺めれば、すぐにでも実感できることが次々に起きている。

いつぞやは、一本の鉛筆だった。掃除のときに転がっているのを見つけ、

「もういらないわね」

五センチ足らずで芯もろくに出てないのをごみ箱に捨ててしまった。

その日の午後に電話が鳴り、

「もしもし？」

「もしもし、永井さんですか。ご主人は？」

声が急いでいる。

「留守にしておりますが」

「ちょっと急な用件で……。すぐにでもご連絡がほしいんですけど。私、これから飛行機に乗るものですから。こちらの電話番号は……」

ペラペラペラと数字を並べられ、

「はい、はい」

と答え、手近にあった雑誌の細い余白にメモを取ろうとしたが、筆記用具が見当たらない。大あわてにあわてて、いったんは記憶してみたものの、長い番号なので、すぐに、

――65だったかしら、75だったかしら――

尻っぽのほうがあやしくなってしまう。夫のほうから連絡が入り、

「山内（やまうち）さんから電話があったな」

「えーと、はい、確か山内さん……」

「むこうの連絡先、言ってただろう」

そういう手筈になっていたらしい。

「はい」

「何番?」

「それが覚えたんだけど、忘れちゃって」

「メモを取らなかったのか」

「ええ……」

「しょうがないな」

「つい、うっかり」

しょげ返って受話器を置いたとたんに、

――あの鉛筆に――

と、かたきを討たれたことに感づいた。

ちびた鉛筆だって電話番号を書くくらい、充分に役立つ。邪険に捨ててしまって……思えば鉛筆の心を知らなかった。さぞかし〝もう一奉公〟と願っていただろうに。

雨傘だって、ずっと愛用していた折り畳み式がすっかり古くなり骨の具合もおかしくなって、折よく新しい品を入手したものだから、なんの御礼も挨拶も告げずポンと古いほうを分別ごみの袋へ投げ込んでしまった。その晩のうちに、にわか雨に降られ、

——せめてあれがあればよかったのに——

駅からの道をたっぷり後悔させられながら歩いた。

自分のことだけではない。むしろ他人の仕打ちがもっと気にかかる。とりわけ放置自転車なんか、

——どうして、あんな目に遭わされるのかしら——

真実かわいそうになってしまう。新品のときはどんなに珍重されたことか。宝物のときがあったにちがいない。

それが、まあ、なんと、ちょっと古くなったからと言って町角に捨てられ、雨ざらしにされ、ハンドルの下の荷籠はごみ箱に化している。通行の邪魔になるものだから、みんなに白い目で見られている。蹴飛ばされたりしている。自転車の身になったら、たまったものじゃないわ。持ち主を恨まずにいられない。

「今にきっとかたきを討たれるわ」

たくさんの自転車が蜂起して攻めて来る夢まで見てしまった。

「まったくだ」

夫の永井氏は、夫人ほど物の心を信じてはいないけれど、

——物を大切にしないと、きっとよくないことが起きる——

この点に関しては、おおいに同調ができた。

——こんなことじゃ、この国はろくな目に遭わないぞ——

夫は大局を憂い、夫人は些事に目を光らせ、その限りにおいて二人は似た者夫婦と言ってよい仲であった。

バンコクへ向かう機内では、

「洗面所へ行きやすいから」

と、夫人のほうが通路側を採ったが、通路を距てて隣の席に気がかりな男が坐っている。それを看視するのも、夫人の、自分で気づかない目的だったのかもしれない。

その男は……成田空港の待合室で見たときから気に入らなかった。風采がよくない。メタルフレームの、いかつい黒のサングラス。眼鏡の下の鼻が歪んでいる。眼鏡を取ると、目つきがわるい。人相が卑しい。だれがくれたのか花束を持っていたが、待合室に入るといきなり二つに折ってごみ箱に投げ込んでしまった。花弁がごみ箱の外に散ったが、見向きもしない。

確かに、これから外国に出ようというとき、花束なんか邪魔になるばかりだろう。贈るほうも同類の馬鹿者なんだろうけれど、それにしても、

——あんなに邪険に捨てること、ないわ——

本性が見えてくる。

なによりも花がかわいそうだ。まだ充分に美しいのに……。持って行けないものなら、通路に点在する売店の娘さんにあげるとか、せめて手を合わせてから捨てるとか、なにかしら方法があるだろう。

――この男、物を大切にしないわ。物の心がわからないわ――

すぐにピンと来た。

睨んでやったが、もともと勘が鈍いたちだろうから、なんで睨まれたのか、気づくまい。夫人はずっと看視していたのである。

その男が機内ですぐ近くにいるとわかれば、眉をしかめながらも張り切ってしまう。目が出目金になってしまう。

「あの人、花を捨てた男よ」

夫の脇腹を突いて憎らしさを伝えると、永井氏はすぐに夫人の不快の原因を察知して、

「ああ」

と頷いたが、

「余計なこと言うなよ。国際便には、とんでもない奴が乗ってるからな」

声をひそめて釘を刺した。

夫人が男に対して「あなた、なんですか！」などと直接行動に出るのを危惧したからである。過去にはそんなケースがなくもなかった。

「わかってます」

男の人相はろくなものじゃない。根性わるにきまっている。人から注意を受けて、すなおに反省する玉ではない。暴力をふるわれたら恐ろしい。治ったばかりのギックリ腰が再発する。だから、もっぱら看視して悪のありようを確認するよりほかになかった。

永井夫人の屈折した期待にもかかわらず機内では格別ひどい証拠は目撃されなかった。でも兆候はなきにしもあらず。機内食サービスではビール、ワイン、ブランディ、アルコール類はさもしく飲むくせに、食事のほうは、ちょっと箸をつけただけ、口に合わないとわかると、

――なんだ、こんなもの、食えるか――

露骨に嫌悪を示す。さっさと捨てさせる。

横顔を見ているだけで男の心理がすっかり読めてしまう。新聞紙の畳みかたひとつを見ていても不用になったものへの仕打ちが察知される。乱雑に折って放り出す。あとは野となれ山となれ。

そのくせ自分の所持品には気を使っている。まずサングラス。よほど大切な品らしく、思い出してはせっせと拭っている。胸ポケットに納めて蔓を一本だけ外に垂らし、恰好をつけている。そのくせ落としやしないかとばかりにチョイチョイ掌を当てて確かめている。それからまた思い出したみたいに顔に掛けて独り悦に入っている。たいして似合

いもしないのに……。よほど気に入りの品なのだろう。

が、それとはべつに……これは飛行機に乗ってから確認したことだが、シートの脇に置かれた褐色の鞄……。細かい突起模様は鰐皮らしいが、見るからに成金趣味。まともなビジネスマンが選ぶ品ではない。

手鞄としては小ぶりだが、頑丈に作られていて、錠が二つもついている。大事そうに持っていることは成田のロビィでも気づいたが、よく見ると把っ手に鎖がついていて鎖の一端が腰のベルトに繋がっている。眠っているときにも奪われないように……。

――なにが入っているのかしら――

用心のよさより犯罪の匂いを感じてしまう。なにか絶対に他人に盗られてはいけないものが入っているにちがいない。

――やっぱりろくなものじゃないわ――

バンコクまでの六時間、永井夫人は途中で少しまどろんだけれど、あらかたは目の端で看視し、男の品性の卑しさを計り当て、それはそれで満足であった。

バンコクは騒がしい。

道路の渋滞がひどく、町はかならずしも衛生的とは言えない。だが、住む人の表情は優しい。態度が荒くない。礼儀をわきまえている。

「仏教徒だからな」

永井氏が説く通り、ここでは仏教の道徳がそれなりに生きている。

「日本だって……」

「いや、日本の仏教は葬式だけだ。タイでは男はみんな三カ月間、家を離れて修行しなくちゃいけない」

「そうなんですか」

町のあちこちで黄色い僧衣をまとった男を見かける。みんなが敬っている。とりわけ永井夫人の目を引いたのは朝の托鉢(たくはつ)風景だ。寺院の門から十数人の僧侶が現われて、それぞれの方角へ散って行く。人々がこぞって貢ぎものを捧(ささ)げる。僧侶は鄭重(ていちょう)に受け取る。薄衣に素足。このうえなく質素だが威厳を失っていない。

米、果物、お金、どんなものでも、どんなにわずかでも恭しく布施を受ける。ここでは物の心を忘れていない。見ていれば、おのずとわかる。

ビニールの小袋を鉢に入れる人も多く、

「なにかしら」

と、夫人が首を傾(かし)げると、

「コンビニエンス・ストアなんかで売っているんだ、お布施用のセットがな」

永井氏はこの国の事情に通じている。

「いいのかしら」

種を明かされると、少し釈然としないところもあるけれど、お勝手の余りものばかりを寄せられたら困るだろう。ふさわしい品をあらかじめ購入して托鉢を待っているのは、やっぱりよい心がけだ。小袋は安いものらしいが、たとえわずかでも毎日寄進する気持ちは、物を大切にし、物の心を知ることに通じているだろう。

「よかったわ」

夫人はこの風景を見ただけでもバンコクに来た甲斐があった。

もちろん市内観光を楽しんだ。エメラルド寺院、王宮、ワット・ポー、サムロに乗ってまわった。ガイドは中年のタイ女性。ややこしい会話には難があるけれど、人柄は陽気でこだわりがない。彼女は手作りの買い物袋を所持して来た。永井夫人の若い頃には日本でもみんなが使っていた。木製の把っ手を用意し、自分で袋を作る。洋服を作った余りの生地などを利用していた。昨今は手ぶらで買い物に出かけて、そのつど紙袋やビニール袋に入れてもらう。無駄と言えば、あれだって馬鹿にできない無駄だろう。

ランチに乗って水上マーケットを見物した。招待を受け夫と一緒にタイ舞踊を鑑賞し、正式なタイ料理も賞味した。チャオ・プラヤ川を渡って暁の寺を訪ねたときには、さすがに高い塔に登る元気はなかったが、塔から降りて来たタイ青年に声をかけられ、

「日本から来ましたか」

「そうよ」

ガイドがあわてて走り寄って来て、夫人の腕を引っぱり、

「ノートに名前を書いちゃ駄目」

「どうして？　なんなの？」

「日本人を見ると話しかけ、名前を書いてもらって、そのあと、お金を取るんです」

「寄付？」

「福祉のためとか、文化事業のためとか、いろいろ言うけど、嘘、自分のためです」

「そうなの」

でもノートは古い紙を束ねているし、鉛筆もちびたのを大事に使っている。

「いけません」

と言うガイドをふり払って、

「ほんの少しだけ」

名前を記して十バーツを与えた。


驚いたことに、同じホテルの、なんと！　隣の部屋に例のいかがわしい男が泊まっていた。メタルフレームのサングラス、鼻曲がり……。

朝食のレストランで見かけ、永井夫人が指をさすと、夫が、

「よしなさい」

「でも同じホテルだなんて」

「同じ旅行社に頼めば、そういうこともあるさ」

このホテルでは日本人客を同じフロアーに集める習慣があるらしい。

「厭ねえ」

「ろくなものじゃない。関わりあいになるなよ、話しかけられても」

「ええ。なにしに来たのかしら」

「東南アジアには、いかがわしい仕事が転がっている。密輸、売春、阿片（アヘン）の生産を生業（なりわい）にしている地域もあるし、人殺しだって請け負ってくれるらしいぞ」

「おっそろしい」

男の腰にあい変わらず鰐皮の鞄が繋がれているのを見て不吉なものを感じた。

そして三日目の夕刻……つまり帰る日の前日、永井氏は、

「日本人会の集まりで遅くなる。帰りは十二時過ぎかな。先に寝ててくれ」

「はい」

夫人は旅の疲れもあって八時過ぎにベッドに入り、ぐっすりと眠り込んでしまった。夕食のときソムリエが選んでくれたワインが結構強かったらしい。催眠効果があったのは疑いない。物音を聞いたような気もするが、夢のせいだったかもしれない。十時近く

にいったん目をさまし、

――まだ帰ってないわ――

夫がいないのを確認してから夜景を眺めるつもりでベランダに面したカーテンを細く開けた。

表通りは明るいが、ほとんど光のない一郭もある。車の通行は少し疎らに変わっていた。視線をベランダの床に移し、

――なにかしら――

隅に四角いものが落ちている。放り投げてある。鞄とわかった。

鰐皮の鞄……。あの男が持っていたものだ。鎖はついていない。

ガラス戸を開けようとしたが、途中で手を止めた。みだりに出入口を開いては……危険がないとは言えない。地上八階。でも隣のベランダが接近している。現に鞄が投げ込んである……。

カーテンをもう少し開き、腰をおろし、ガラスに目を寄せて鞄を観察した。

側面がザクリと切られている。疵は大きいが、中が見えるほどではない。内側に貼った布地が血のように赤く、細く見えるだけだ。ほかにもブスブスと刃を突き立てたような疵跡がある。錠も叩かれたらしく歪んでいるが、留め金は二つとも開いていない。

――なにが入ってるのかしら――

中身を取り出すことができず、怒って隣のベランダに投げ捨てたのかもしれない。あるいは、うまく切り裂いて鞄だけ捨てたのかしら。

疵ついた鞄は、人間なら重傷だ。

フロントへ電話をかけようと立ちあがったが、これも途中でやめた。

――夜中は多分、日本語が通じない――

英語で情況を説明する自信は、とてもない。

――夫が帰るまで――

もともと夫人がカーテンの隙間から覗かなかったら、気づかないことだった。隣の部屋はシーンとしている。壁に耳を寄せてもテレビの音ひとつ聞こえない。下手に騒いで関わりあいになるのは煩わしい。夫に叱られる。第一、騒ぐほどのことではないのかもしれない。隣の男は鍵をなくしたものだから鞄を裂き、中身だけ抜き出し、不用になったものを邪険に捨てた、それだけのことかもしれない。

夫人はベッドに座り込み、しばらく思案をめぐらしたが、また身を横たえ、いつの間にか眠ってしまった。

短い夢を見た。

隣の男は、サングラスはかわいいけれど、鞄は嫌いなのだ。愛憎のちがいがはっきりとしている。サングラスのほうはペットみたいに撫でてさすってかわいがるが、鞄のほうは奴隷みたいに叩いて、刺して、疵つける。

「ただいま」

夫の声で目を開けた。

「遅かったわね」

「ああ。どうした？　なにかあったのか」

「鞄がベランダに投げ込まれていて……。ほら、あの男が大事そうに持っていた鞄」

説明しながらカーテンを開けると……ない。鞄が消えている。ベランダのどこにもない。

——夢だったのかしら——

と思ったが、そんなはずはない。細かいところまでよく観察した。はっきりと覚えている。

「さっきまであったのか」

「ええ。一度起きて、ここから覗いたの」

「触った？」

「ううん。ここから見ただけ。そのあと、また眠って」

「その間に取りに来たんだな」

いったん投げ捨てたものを、どうして？

夫がガラス戸を開け、ベランダに出た。夫人もあとに続いた。

隣のベランダと、こちらのベランダの間には八十センチほどの隔たりがある。地面までは二十メートルくらい。ベランダの柵は人の身長より少し低い。鞄を投げ込むのはやさしいけれど、取り戻すのはむつかしい。鉤をつけた棒では取れまい。やっぱり人間が渡って来て持ち帰った、そう考えるのがふさわしい。

夫人にしてみれば、眠っている間にガラス戸一枚隔てたところに、そんな危険なことをやる男が来たのかと思うと、よい気持ちにはなれない。

「怖いわ」

「心配ないさ。気がつかないよう、そっとやったんだ」

「ええ」

「こっちは気づかないままでいればいいさ」

永井氏はそう言いながらも、翌朝、食事に出たときに一応は夜中の出来事をフロントへ訴えた。それから二人でゆっくりとコーヒーを飲み、

「時間だな」

「はい」

荷物を整え空港へ向かい、バンコクの旅が終わった。

帰国して八日目、永井夫人は刑事の訪問を受けた。名刺の肩書から察して本庁で国際間の事件を担当する立場と見当がついた。

あらかじめ訪問の連絡があり、永井氏はややこしいことになるのを恐れて懇意の弁護士を呼び、夫人と一緒に刑事を迎えた。

「この男ですが……」

と写真を見せる。

刑事は二人。年かさのほうがもっぱら質問をした。近所の交番の女性警官も同行して、これは案内役らしい。永井夫人は町の放置自転車の件で、この警官には何度か訴えていたから、おたがいに顔見知りだ。わりと美人。でも片頬に皮肉な笑いを浮かべ、親切ではない。

「はい、この人です」

久米信三（くめしんぞう）、四十七歳と教えられた。前科はなく、会社社長。しかし、どういう会社かわからない。洗えばいかがわしい取引きが吹き出してくるようなブローカー業らしい。

夫人は、成田空港で男を見たときから訝（いぶか）しく思ったこと、それから、同じホテルの隣室に泊まっているのを知って驚いたことなどを説明した。男が鞄を鎖で繋いで肌身離さず持っていたことも告げた。

「ベランダに穴ぼこだらけの鞄があったのは本当ですね。何時頃でしたか」

おそらく永井氏がバンコクのホテルでフロントに告げたことから聞き込みの糸がたぐられたにちがいない。

「はい。時間は……十時近く」

「十時前ですね。何分くらい前でしたか」

時計を見たと思うが、もう記憶はない。

「十分か、十五分……」

「九時四十五分から五十分の間ですね」

誘導尋問みたいに時刻が決定されてしまった。

「鞄には触らなかったんですね？」

「はい。ガラス越しに見ただけです」

見届けたことを詳しく説明した。

「それからまたお休みになって、次にベランダを覗いたのは何時ですか」

「多分、一時くらい」

これには永井氏がつけ加えて、

「一時七、八分でしょう。私がホテルに戻ったのが一時五分。遅くなったなと思って、しっかり腕時計で確認しましたから」

「すると、そのときには鞄はなかった」

「はい」

「今度はベランダに出ましたか。なにか落ちてるもの、様子の変わっていること、気づきませんでしたか」

　この質問にも永井氏が答えた。

「なにもありません。一応、調べてはみましたけど。だれかが隣のベランダから渡って来たんでしょうね。危ないけれど、それ以外には鞄を取り戻すのはむつかしい」

　かたわらで夫人も頷いて同意を示した。

　さらにいくつか、さして重要とも思えないことを聞かれたが、いったいなにが起きたのかしら。捨てられた鞄を見ただけで、どうしてこんなにしつこく尋ねられるのか、刑事は話してくれない。

「あの、なにがあったんですか」

　夫人はおずおずと尋ねた。

「失踪です。久米信三はホテルから消え、殺された疑いが濃厚です」

「どうして？」

「取引きのいざこざでしょう。約束を守らなかったとか、裏切ったとか。とっさの判断で鞄を隣のベランダに投げて隠したんでしょうが、拉致されて拘束され、白状させられたんじゃないですか。奥様のベランダに取りに来たのは、そっちのほうの連中で、そのあと、彼は消された。むこうじゃ珍しくない事件ですが、日本人が絡んでいるし……」

多くは話してくれなかった。

永井氏と弁護士は、もう少し細かい事情を事前に伝えられていたようだ。とはいえ日本の警察自体がどこまで詳しく知っていたのか、まだこの段階ではあまりつまびらかではなかっただろう。

だから鞄の中の品がなんで、どんな秘密が隠されていたかはわからない。久米信三はただの運び屋で、彼は鞄を開ける鍵を持っていなかったのかもしれない。手筈が狂ったか、野心が膨らんだか、鞄にナイフを突き立てて中を見ようとした……。その結果、見たのか、見なかったのか。切羽詰まって隣のベランダに、とりあえず鞄を投げて隠した。そのあとの失踪と、殺されたらしいという情報は、どこから官憲にもたらされたものか、これも知りえない。

ただ永井夫人がベランダの鞄を見た時刻、そしてそれが消えていることを知った時刻、つまり二十一時四十五分頃から翌日の一時八分頃まで、三時間二十三分ほどが重要な時間帯だ。

それだけの時間のうちに久米信三はホテルから連れ出され、多分拷問を受けて白状させられ、一味のだれかがホテルにそっとやって来て鞄を持ち去った、ということらしい。

時間の長さは、たとえば一味のアジトのありかや犯行の方法を推定する手がかりになるだろう。事件はテレビにも新聞にも報道されなかった。

三週間ほどたって、近所の交番の女性警官がふたたび訪ねて来た。前に苦情を訴えた町の放置自転車の件かと思ったが、そうではない。バンコクの事件だ。

「ほんの確認だけですから」

と電話口で言われたので永井夫人は夫にも連絡せず、もちろん弁護士も呼ばなかった。

「これですけど。バンコクから照会があったものですから」

数枚の写真を見せられた。四枚は鰐皮の鞄をいろいろな角度から写したものだ。色彩が黒ずんでいるが、形も疵もあの鞄にまちがいない。

「ええ、これですわ」

次の三枚はメタルフレームのサングラス。

「遺品らしいんですよ。これだけが残って、近所の子どもが持っていたんですね」

よくわからない。

「どうなったんですか?　久米さんとかいう人、本当に殺されたんでしょうか」

相手は片頬で笑った。安閑と暮らしている夫人に真相を突きつけ、ちょっと驚ろかしてやろうと思ったのかもしれない。自転車の放置なんかよりずっと大変な事件が世間に実在していることをほのめかしたかったのかもしれない。

「プールを造って、こっそり鰐を飼っている人がいるんですね、バンコクの田舎では、何匹も。革製品の材料として輸出すれば儲かるからって……。お金をかけて事業を始めて。でも、あれって、ワシントン条約とかなんとか、いろいろ動物保護の規制があって簡単に輸出なんかできないいんですよ。そうなると餌代はかかるし管理も大変だし、結局、持ち主が逃げ出し、餌も与えられないまま鰐が何匹も放置されちゃうんですね、粗末なプールに」

警官は見て来たように話す。

「はい？」

「そこへポンと人間を放り込めば……。久米信三はそうやって消されたんですね。あとかたもなく。サングラスだけが残って」

「本当に？」

夫人の顔が青ざめる。

「ええ。本当です。バンコクから報告が入って」

警官は勝ち誇ったように口をつぐんだ。それから念を押すように、

「本当に恐ろしいことですわ」

と、永井夫人の目の中を覗いた。さぞかし残酷なイメージが脳裏に映っているにちがいない、と……。

だが、夫人はすぐに気を取り直し、ゆったりと答えた。

「ええ、もちろん、恐ろしいことですわ。放置自転車だって、あのままでは」

と、そっぽうのことを言う。

「えっ？　またそれね」

警官は首をすくめた。残酷な殺人の話をしているのに町の放置自転車だなんて……老婦人が脈絡のたどれない思案を漏らしたのだと考えたらしい。

でも、それはあさはかと言うもの。永井夫人の論理は紛れようもなくしっかりと筋を通して繋がっていた。

――あの男は、やっぱり、物の心を知らなかった――

鰐皮の鞄が邪険に切り裂かれ、鰐たちがかたきを討ったのだ。かわいがられていたサングラスだけが鰐の口を逃れ、せめてもの恩返しとして彼の死を訴えたのだ。

三味線も太鼓も笛も、ちびた鉛筆も古い雨傘も一円玉も、みんな同じこと、物の心を知らないなんて、愚かなことだ。恐ろしいことだ。焦眉の急は、まさに町に溢れる放置自転車のほう。無情に捨ててしまい、きっと仕返しがある。それがどれほどの惨事となることか。

夫人は唇をキュッと引き締めてから胸を張り、

「本当に恐ろしいことですわ」

立ち去って行く警官のうしろ姿に同じ言葉を告げて、念を押し返した。のどかな秋の昼下りのことである。

年の瀬

佐竹夫人は正義の人である。

今度の誕生日が来ればたしか古稀を迎える計算だが、悪事を憎む気概は少しも衰えていない。身長は一メートル五十センチと少し。体重も四十キロそこそこ。かわいらしいお婆さんは小さな体に正義感を漲らせて、いつも抜かりなく周囲の出来事に目を見張っていた。

ほかのことではさほど潔癖というわけではないのだが、世にはびこる小さな非行が見逃せない。体を張ってでもまちがいを正そうとする。もちろん大きな不正も許しがたいが、それは警察の領分。夫人の手には負えない。いきおい目の向くところは身辺の瑣事となる。

若い頃からエピソードにはこと欠かなかった。

結婚前の出来事だから二十四、五歳にはなっていただろう。役所に勤務して記者クラブの雑用を委ねられた。記者クラブはお堅い官庁の中にあって柄のよい職場ではない。

記者たちはほとんどが昼過ぎに現われ勤務態度がよろしくない。机の上に足を載せ、だらしない姿勢で電話をかけている。居眠りもめずらしくない。

とりわけひどいのが麻雀（マージャン）。昼日なかからガラガラ、チー、ポン、遊び惚（ほう）けている。

眉をしかめて眺めていたが、

——賭けているんだわ——

これを知って我慢の糸が切れた。金銭を賭けることは法律で禁じられているはずだ。

——社会の木鐸（ぼくたく）と見なされている人たちが……許せない——

記者クラブの幹事役に訴えたが、鼻でせせら笑われてしまった。警視庁まで足を運んで訴えても事情に大差はない。思い余って彼女は警視総監あてに手紙を送った。

数日後、上司に呼び出され、

「いいんだよ、どこでもやっていることなんだから」

「いいえ、どこでやってても悪いことは悪いことです」

「困ったな。ほんのわずかの金額を仲間うちで賭けているだけなんだから……大人の遊びだな」

「大人が悪いことをしてては子どもたちに示しがつきません」

頑（かたく）なに言い張る。

結果は彼女の配置換えで一段落したけれど、当人は釈然としなかった。

ずっと後になって、この話を持ち出されると、

「おほほ。世間知らずでしたからねえ」

と、佐竹夫人は照れくさそうに笑うのが常であったが、本心を言えば、

——私はまちがっていなかった——

と、確信に揺ぎはなかったろう。職場を変えられ仕方なしに矛を収めた、というのが実感らしかった。

長女の直子が述懐するには、

「うちの母？　そのくらい、やるでしょうねえ。私がよく覚えているのは……三歳くらいだったかしら。なんにもわからない頃よ。おもちゃ屋さんに、ちっちゃな人形があって、私、気に入ったんでしょうね。そのまま持って来ちゃったのよ。お母さんが見つけて〝黙って持って来たのね〟母の剣幕を見て初めて悪いことをしたんだってわかったわ。〝ごめんなさい〟すぐに泣いたわよ。〝泥坊はこの世で一番悪いことよ〟いくら謝っても許してくれない。〝絶対に忘れないように指を切りますから……。一生指がなくても泥坊よりはずっとましだから〟本当に箪笥の中からお嫁入りのときに持って来た短刀を取り出して来て切ろうとしたのよ。たまたま父が帰宅して……ことなきを得たけれど、父が現われなかったら危なかったわ」

右手の人差指のつけねにうっすらと疵跡が残っているのだ。

この種の珍事はいくつでもあるけれど、もう少し近年のエピソードを述べるならば……中目黒のマンションに移って間もない頃だから十年ほど前のことになる。

「犬を飼う人が多いわね」

確かな統計があるわけではないけれど、あの頃を境にしてこの地区で犬を飼う家庭が急激に増えたのは本当だ。

「俺は嫌いだ」

夫の佐竹氏も几帳面で生真面目な人柄だった。夫人ほど激しくはなかったけれど曲がったことは大嫌い。晩年は会社で帳簿の裏操作など、かんばしくない仕事を担当させられて随分と悩んでいた。六十四歳の早死はそのせいだったかもしれない。

「ええ？　あなたも犬が嫌い？」

「わずらわしくて。いろいろ悪さをするからな」

「そうなんですよ」

夫婦の意見は一致した。

マンションでこっそりと飼う人もいる。禁じられていることなのに……。ペットが増えるとなにかとルール違反が多くなる。

とりわけ佐竹夫人を怒らせたのは、路上に放置される堆積物の件だ。散歩に連れて来て、そのまま残していく。

——どういう神経なのかしら——

汚い。見苦しい。飼い主の図々しさを考えると真実腹が立つ。とても見逃すわけにいかない。こういう連中は、咎められなければ平気で悪事を働く手合いなのだ。小事を見逃せばどんどんひどくなる。

佐竹夫人は監視を始めた。マンションの窓から見張り、街角に立って不心得者を捜し出した。

手ぶらで犬を散歩させている人を見つけると、

「どうなさいますの?」

「なんでしょう」

「犬がウンチをしたら」

手ぶらでは放置して帰るよりほかにないだろう。

「ああ。うちの犬はしません。チャンとしつけてますから」

「でも、万一……」

「いいえ、大丈夫」

と気色ばむ。

相手には変なおばさんと見られていたことだろう。露骨に敵意を示す人もいる。

「関係ないよ。余計なおせっかいはやめてほしいな」

「でも現にウンチがあるんですから」

と堆積物を指さす。

「うちの犬じゃないッ。人を見て、ものを言えよ。くそ婆ァ」

けんもほろろに扱われてしまう。

たしかにその犬の不始末ではないのかもしれないけれど、路上の堆積物はなぜかあり続ける。毎日毎晩どこかに放置されている。〝現にある〟ことはまちがいない。犬を連れている人たちの中に不心得者がいることは疑いないのだ。

夫人は更に監視を強め、文句なしの現場を見つけて注意をうながすことにした。現場を見つけられれば、さすがにしらばくれるわけにいかないが、対応は更に険しくなる。険悪な気配が流れる。

「あとで始末に来るわよ」

「本当に？」

「なんで、あんたに疑われなきゃいけないのよ。厭な人ねえ」

「きっとですよ」

しかし、こんなときでも三度に一度はそのままだ。我慢のできない夫人は、飼い主の跡をつけ、住居を確認し、ついには堆積物を紙に包んで玄関先に届ける作業までやってのけた。

善意から始まったことだとしても、ここまでやっては角が立つ。近所の評判がわるくなる。

マンションの窓に石を投げつけられた。

表のドアに〝くそ婆ァ〟と赤く落書きをされた。

遂には夜中に無言電話がかかってくる。

警官が訪ねて来て「お気持ちはわかるけど、ほどほどにしてください。私たちも気をつけますから」と説諭された。

一、二カ月が過ぎ、夫人が簡単に手を引いたわけではなかったけれど、路上の堆積物が目立って減ったのは事実だった。騒ぎを知って飼い主も少しは気をつけるようになったのだろう。お巡りさんも目を光らせてくれたのかもしれない。が、それよりもなによりも夫の佐竹氏が、夫人の目のつくところを歩き廻って、いちいち拾って始末したから……これが一番の効果だった。

夫人の正義感はみんなによく知られていたから、この十二月のなかば過ぎ、

「足首をくじいちゃったの」

と、電話の第一報が入ったとき、近しい者たちはだれもが、

──あ、またやった──

と、新しい武勇伝を直感したのは本当だった。

つまり……なにかしらヘンテコな正義感が発揮され、だれかに突き飛ばされたのではあるまいか、そんな情景がみんなの脳裡に浮かんだわけである。

夫の死後、夫人はしばらくのあいだ一人娘の直子と一緒に暮らしていたが、その娘も嫁いでロンドンへ行ってしまった。

出発のときには、

「お母さん、気をつけてね」

「平気よ。この通り」

夫人はさながらラジオ体操でもするように両腕を左右に振って元気さを誇示して見せたが、娘の不安はその点ではなかった。母がたった一人で暮らす、その寂しさへの懸念でもなかった。母は体も丈夫だし、芯も強い。

心配は……例のこと。余計なおせっかい……。

「よろしくお願いします」

五反田に夫人の妹一家が住んでいて、これは中目黒のマンションに近い。歩いて三十分足らず。娘は深々と頭を垂れて叔母たちに後事を託した。

「お母さんは大丈夫よ」

「ええ……。ただ、正義感が強いから」

と笑えば、相手もすぐにわかる。

「それ、それよ。そばにいて、だれかが止めてあげないと」

「本当に」

不安の赴く先は一致していたのである。

「足首をくじいちゃったの」と、電話の第一報が入ったのも、この五反田の叔母たちの家である。家族は叔母夫婦に子どもが二人だ。四人がいっせいに、

「中目黒の伯母ちゃん？　どうしたの？」

「突き飛ばされたのか」

「またやったわけ？」

と叫んだが、事情はみんなの期待とはちがっていた。

「階段を踏みはずしちゃって。痛むのよ」

「なーんだ」

武勇伝はなにもない。

だが痛みはひどいらしい。家の中では這(は)ってでも動けるが、外へ出るとなると介添えが必要だろう。

「大変ねえ」

「だれかいないか」

折しも師走のなかばを過ぎ、大学生の娘は冬休みに入る。

「朋美、伯母さんの面倒をみてやれよ」

「私が？」

「世話になったんだから。小さいときに」

「アルバイトをしようと思っていたのに」

「じゃあ、働きに応じてアルバイト料を払ってやるから」

現実問題として佐竹夫人の体が不自由になったら、とりあえず妹の家族が世話をするよりほかにない。手すきの者がいれば若干の報酬を支払ってでも義理を果さねばならない情況だ。それに姪の朋美ならば、他人ではないし、気働きがあるし、この仕事にうってつけだろう。

「頼むよ」

「いいわ」

すぐに相談がまとまった。

朋美の母が電話のボタンを押して、

「もしもし、大変でしょ。朋美に看病をさせるわ」

「看病だなんて、大袈裟な」

「でも外に出るときは介添えが必要なんでしょ」

「そりゃ、だれかいてくれれば、ありがたいわねえ」

「私も行くけど、とりあえず、朋美に」

「本当。うれしいわ」

電話が替って、

「伯母さん、遠慮なく言って。どこにでもお供しますから」

「ありがとう」

病院で診察を受けた結果、週に三回、通院しなければならない。買い物は通院の途中でするとして家内の雑事も少しはあるだろう。

翌日から早速朋美は佐竹夫人からの連絡を受けて、外出と家事の手助けをすることとなった。


「いいわよ、そんな大袈裟な」

と、佐竹夫人は渋ったが、朋美のほうが、

「でも、やっぱり、私が楽なの」

病院から貸与を受けて車椅子を使うことにした。実際、足首は極力動かさないほうがよい。「無理は禁物」と医師にも釘(くぎ)を刺された。

病院までは車椅子で十五分足らず。街中の歩道を通って行く。両側は商店街だ。

すでに年の瀬の賑わいが始まっていた。道行く人の数が増え、動きもあわただしい。

「ゆっくりでいいのよ」

チョコンと腰かけてキョロキョロと見まわしている姿は、かわいらしい。

「ええ」

と朋美が車椅子を押す。

「いろいろ眺められて楽しいから」

当初は渋っていた佐竹夫人も、姪の介護を受けて、坐ったままで行く小さな外出旅行はわるいものではない。よい気晴らしになる。楽しみの一つとなった。

車椅子は車輪が大きい。だから滑らかに動く。平らな路面ならば、押して行くのが快いほどだ。朋美はすぐに慣れた。

傾斜を行くには少しこつがいる。上り坂はアームに腹を当て腹筋を使って押す。下り坂はギュッ、ギュッとブレーキをかけては弛め、弛めてはかけながら行く。厄介なのは段差だ。道筋にはところどころに思いがけない段差があって、十センチもあると簡単には登れない。降りればガクンと衝撃が伝わって年寄によいはずがない。

仕方なしに遠まわりをする。

稀には、困難をいち早く察知して手助けをしてくれる通行人がいる。若い人は少ない。五十代の女性。六十代の男性。

——車椅子を使っていると、町の風景が少し変わるわね——

日ならずして朋美もこの実感を得た。佐竹夫人も深く頷く。

圧倒的に無関心が多いのだが、それとはべつに心ない通行人も実在する。

三日目の夕方、角を曲がろうとして車椅子がガクンと揺れた。傾いて一メートル以上も飛ばされ後退を余儀なくされた。

「ひどい！」

朋美自身もよろめいた。

ずう体の大きい男が人込みを割って現われてぶつかったのだ。とっさの判断だが、

——むこうが悪い——

むこうが走るように急いで来たから衝突したのだ。謝ってしかるべき……と、朋美の視線には、そんな気分が含まれていただろう。

ところが相手は睨み返す。

とても無気味な視線だ。邪悪なものを含んでいる。

黒い背広。歪んだ表情……。

「気をつけろ！」

くぐもった声を放って威嚇する。強い不機嫌が男の表情に宿っている。眼差の鋭さが、ただごとではない。敵意を漲らせている。

——いけない——

朋美はすぐに覚った。

——普通の人じゃないわ——

まったくの話、人間の頭は瞬時のうちにさまざまなことを考える。危険に瀕したときはとくにそうだ。だから、あとで反芻したことを交えて言えば、そう、普通の人じゃない、と思った。思案の中身は、あとになってゆっくりと思い返さないと列挙できない。

たとえば、やくざもの、暴力団の人……。

——この近くに組の事務所があるって聞いたわ——

まともに接する相手ではない。

とりあえず、この場は、

「ごめんなさい」

と謝った。

謝りながら、

——伯母さん、大丈夫かしら——

恐怖まじりの狼狽を覚えた。おそらく目の端で佐竹夫人の表情を把えていたからだろう。

——ただではすまない——

正義の人なのだから……。悪いのはぶつかって来た男のほうなのだから……。

案の定、伯母は車椅子から腰を浮かせて睨み返している。唇が震えている。

朋美は車椅子の向きを変えた。逃げにかかった。男の視線が粘りついて追ってくる。絡みついてくる。とてもしつこい感じ……。

——なぜかしら——

宿意のようなものが籠っている。

結果のほうから言えば、この直感は正しかった。だが、それを言うより先に事情の経過を記せば、

「なんですか、ぶつかっておいて」

車椅子の上で体をまわされながら佐竹夫人の金切声が走った。

「駄目よ、伯母さん」

朋美は急いで車椅子を遠ざける。

「またこの婆ァか。早く死ね」

すでに二、三メートルの距離があいている。通行人は驚いて足を停めるが、けっして助けに入ってはくれない。そう考えたほうがよい。ただ茫然として見つめているだけなんだ。

男はもう一睨み、鈍器のような無気味な視線を放ち、クルリと踵を返して立ち去る。

急いでいるらしい。かかわっていられない事情があるのだろう。

——よかった——

しかし、佐竹夫人はまだ睨んでいる。怒っている。

「なによ、あの態度。ああいうのがいるから……」

「駄目よ、かかわっちゃ。まともな人じゃないんだから」

「そう。やくざものよ。ろくなものじゃない」

「だから……」

「いいえ。放っておいたら、どんどんいい気になって。いつもそうなんだから」

「いつもって?」

と、朋美はここに到って、たった今、黒い背広の男が言っていた台詞を……「またこの婆ァか」の〝また〟の部分を思い出した。

「そう。いつもよ。このあいだだって郵便局でみんなが列を作って並んでいるのに横から割り込んで来て」

「あの人なの?」

「そう。あんなひん曲がった顔、いっぺん見れば忘れないわ」

「危ないわ」

「だから私、言ってやったのよ、〝順番を守りなさい〟って。そうしたら、ひどい目つきで睨み返して」

「………」

「私の肩を小突いて、逃げて行ったわ」

「でも……」

情景が目に見えるようだ。

ただし〝逃げて行ったわ〟はちがうだろう。逃げるような相手ではなさそうだ。

いずれにせよ、さっきの剣幕は普通ではなかった。なにも起きなかったが、それはむこうが急いでいたから……。一触即発。まかりまちがえば車椅子ごとひっくり返されていたかもしれない。そんな危険な気配が張りつめていたのは確かだった。

「やめてよ、伯母さん」

「駄目よ。癖になるから」

しばらくは同じ問答をくり返さねばならなかった。

朋美は案じていたのだが、数日後に同じことがまた起きた。

小さな街だから、それもありうることなのかもしれない。

今度は花屋の店頭だ。クリスマスを目前にして店の外にまで花を求める客の列ができていた。間口の狭い店構えなのでどうしてもそうなってしまう。

佐竹夫人も、

「ポインセチアを買いましょ。華やかでクリスマスらしいから」

「本当。クリスマスの色ですものね」

朋美と二人で列に加わっていた。

——厭だわ——

と、朋美が気がつくより先に大股の足取りが近づいて来て無遠慮に列を乱した。佐竹夫人は花選びに夢中で乱入者を見ていない。

黒い背広。歪んだ表情……。

——あの人だ——

朋美は身を固くして車椅子の角度を変えた。

男はものも言わずに並んでいる人々を押しのけ、店の中に肩を入れる。

あまりの狼藉（ろうぜき）ぶりに一人二人、声をあげようとするが、男の風体を認めて口をつぐむ。

「な……なに……よ」

気配を知って佐竹夫人が首をまわした。じっと見つめる。

「おい、頼んでおいたやつ」

と、男は鈍い声で店員に告げて周囲を睨みまわす。みんなが一歩ずつ足を引く。スペースをあける。

そのときである。

って、朋美が危惧していたことが、その通りに起こった。佐竹夫人が車椅子から半立ちにな

「なんですか、あなた！　順番を守りなさい。みんなさっきからキチンと並んでいるんですから。何度言ったらわかるの」

指を立て、指をさし、指を振って詰った。普段はかわいらしいが、この瞬間は一変する。

声を聞いて振り返った男の眼差……。どう表現したらよいのかしら。

——この人、人を殺したことがある——

朋美はそう思った。

鈍く光る眼差は人を殺す瞬間のものだ。

もとより朋美は、そんな瞬間に立ち合ったことがないけれど、わけもなくそう覚った。

それほどまで恐ろしい。それほどまで無気味で、冷たい。冷たいくせに悪意がチロチロとどす黒く燃えている。

「またこのくそ婆ァか」

男はすでに店員から花束を受け取っていた。あらかじめ頼んでおいて料金も払ってあったにちがいない。男にしてみれば、

——ほんの花束をもらうだけ——

だからわざわざ列のうしろにつくほどのことではない……と、酌むべき多少の情状があったのかもしれない。とはいえ周囲を威嚇して列を乱したことには変わりがなかった。

唇を歪めたまま朋美と夫人のほうへ近づいて来た。

佐竹夫人は、まだ指をさし続けている。

「順番を守りなさいよ、順番を！」

震えながら叫んでいる。

なにをされるかわからない。まわりの人は全く当てにならない。

「気に入らんな」

朋美は力ずくで夫人を坐らせ、腕と肩とで小さな体を隠して守った。

「ごめんなさい」

その背中をガツンと指先で突かれた。

——痛いッ——

ちょっと触れられただけなのに、背筋がしびれるほど痛い。痛みより恐怖で体が硬直した。

おそるおそる首を回してうかがうと、男はもううしろ姿に変わっていた。

——よかった——

朋美が庇わなかったら夫人にはもっとひどい危害が加えられていただろう。なのに朋

美の力が弛むと、

「ろくでなし。今度、見つけたら承知しないわよ」

夫人の罵声が男の消えた人込みに向かって飛んだ。

——恥ずかしいわ——

べつに悪いことをしたわけではないのに……。

正しいことをしたはずなのに……。

「お花はあとにしましょう」

小走りに車椅子を押して列を離れた。うしろも見なかった。みんながどういう様子で見送っていたか、知るよしもない。佐竹夫人は走る車椅子の上で〝男を追いかけるのだ〟と、しばらくは勘ちがいをしていたらしい。

「伯母さん、相手は普通の人じゃないのよ」

「やくざものでしょ」

「言って聞かせてわかる人たちじゃないわ」

「放っておいたら、いい気になって、いつまでも悪いことをするわ」

「悪いことなんか平気なのよ」

「だから許せないのよ」

伯母と姪はまたしても同じ問答をくり返さなければならなかった。

年の瀬も迫った二十八日の夕刻、朋美は伯母のマンションを出て家路についた。

この時期にしては暖かい。暮れなずむ空を仰ぎながら、

——今年も終わりね——

わけもなく遠まわりの道を選んだ。

途中に公園がある。

敷地に沿ってアンツーカーの道が延び、その脇に公園とはべつの繁(しげ)みがある。繁みの中に小広い空地があって、中央に杉の木が一本立っている。そこでは合気道なのか空手なのか、それともボクシングなのか、杉の幹を相手に鍛練をしている人がよくいる。

今夜もその方角からなにか呻(うめ)くような声が聞こえて来る。

——なにかしら——

朋美は五、六歩踏み込んで覗(のぞ)いてみた。

男が一人、杉の木のかたわらにいる。

鍛練とは少しちがうようだ。白いシャツ。黒いズボン。背広の黒いジャケットが近くに懸けてある。

杉の幹には、古い毛布のようなものが巻いてあって、これは空手などの練習のために、だれかがしつらえたものらしい。

男は杉の木に体をもたれかけ、拳でその毛布を叩いている。

「畜生！」

胸に溢れる怒りを叩きつけている……。

――駄目――

悪寒が走った。

――あの男だわ――

車椅子にぶつかり花屋の列に割り込み、凄い目つきで睨んでいた、あの男だ。やくざものだ。見つかったらろくなことがない。それでなくても周囲は人の気の乏しい一郭である。

すぐに踵を返した。

胸の動悸が激しい。

――本当にあの男だったろうか――

顔までは見なかった。確認はしなかった。でも多分そうだろう。体つきが似ていた。背広の色がいつもと同じだった。杉の幹を叩いていたのは余程くやしい事情があってのことだろう。いずれにせよ、見つからなくてよかった。怒り狂っている男の目の前に、佐竹夫人の関係者が現われて歓迎されるはずがない。

この光景はすぐに忘れたが……翌日、病院へ行くと、本日が今年最後の診察日、明日

から年末年始の休業に入る。さいわいなことに、

「ずいぶんとよくなりましたね」

佐竹夫人の捻挫は思いのほか軽症で、

「おとといあたりから急に痛みがとれましたのよ」

「もう車椅子はいらんでしょう。力をかけないよう静かに足を運んでくださいね」

「ありがとうございます」

車椅子を返却し、朋美が肩を貸して診察室を出ることとなった。

病院内の混雑がひどい。

どこもかしこも外来患者で溢れている。内科も外科も小児科も婦人科も泌尿器科も、みんなごった返している。待合室に入りきれず廊下で右往左往している。

「早く来てよかったわね」

「本当に。休みの前だから」

薬局の前でもたっぷりと待たされた。

薬をもらって外へ出ると、雨が降り始めていた。

「タクシーで帰りましょうね」

「もちろん」

しかし、そのタクシー乗り場にも長い列ができている。空車が一台、二台と走り寄っ

て来るけれど、はかばかしくは捌(さば)けない。

朋美は悪い予感を覚えた。

――今、ここに――

あの男が現われたらどうしよう。

いや、予感を覚えたこと自体、すでに男の気配を目の端で……玄関のガラス戸越しに把えていたのかもしれない。

悪い予感は見事に的中した。

黒い姿がのっしのっしと動いてガラスのドアを肩で押し開け、ヌッと現われ、外に出て雨の空を見上げた。

それからタクシー乗り場を睨み、ゆっくりと近寄って来る。

――いけない――

朋美の脳裡に、これから起こるべき出来事が鮮明に浮かんだ。

男はタクシーの列を無視して先頭に割り込むだろう。すると、

――伯母さんが詰る――

今日は車椅子じゃない。自分の足で駈(か)け寄って男に食ってかかるだろう。

――これで三度目――

もしかしたら四度目か、五度目か、すでに前哨戦(ぜんしょうせん)は終えている。

男は激昂する。我を忘れて怒りだす。

それでなくても……昨日の風景。杉の幹を叩いて激怒していたではないか。気分が荒れている。虫の居場所がよくない。爆発は目に見えている。

朋美がうろたえているうちに佐竹夫人が目ざとく男を見つけてしまった。

すばやく男の魂胆を察知して先走る。

「あなた、駄目よ。順番をチャンと守って」

震える声で叫んだ。

男は声の方角に鈍い視線を向けた。

怖い。殺意を含んだ目の光……。歪んだ鼻が恐ろしい。

——またこの婆ァか——

男の表情がそう告げている。朋美にははっきりとそう読めた。

男は薄く笑った。

笑いの意味はわからない。

つかつかと近づいて来て、

「お婆々の言う通りだ。順番はキチンと守ってもらわんとな」

朋美は体を棒にしていた。

佐竹夫人も相手の意図がわからず、表情を止めている。

「若い舎弟が先に死にやがって」

順番をちがえて……。ポケットから覗く書類は死亡診断書なのだろうか。

すぐにうしろ姿に変わり、タクシーの列を離れて人込みの中に進んでいく。たちまち年の瀬の喧噪が黒い肩幅を包んで隠した。

カーテンコール

食品売場の自動ドアが開き、一瞬、茜は、

──あ、きれい──

美しいショールの色を見た。赤と緑をあしらっている。とても鮮かな色……。

だが、すぐにキャッシャーの順番が来て、代金を支払い、オリーブ油を一本、紙袋に入れてもらう。

──あの色──

あの鮮かさ。頭をかすめるものがある。捜すともなく店内を見まわすと、色はワイン・セラーのほうへ向かっている。

年輩の女性のようだ。

──まさか──

と思ったが、確かめてみたい。

まったくの話、人間の感性は微妙な働きを秘めているものらしい。茜はショールの色をチラリと眼(め)の端に映したとたん〝きれい〟と思い、次に翔子(しょうこ)を思い出した。おしゃれのうまい人だった。スカーフやショールが際立って垢抜(あかぬ)けていた。スタイルが抜群だった。

たったいま見たショールは、

――翔子さんの色――

遠い記憶が甦(よみがえ)る。茜もワイン・セラーに近づいて、

――翔子さんに似ている――

もっとそばに寄って、

――翔子さんだわ――

と確信した。ずいぶんと若く装い、それなりに若く見えるが、

――七十歳くらいのはず――

もう四十年に近い歳月が流れているのだから……。

そんな長い時間のあとで、身につけているショールの色を見ただけで、その人の趣味を思い出し、そればかりか、

「あのう、翔子さん」

と声をかけると、

「あらっ、茜ちゃん」

その通り、当人とめぐりあったのだから、人間の感性は鋭い、と言うのか、微妙な力を持っていると断じてよいだろう。会ったのは偶然だとしても、それを確かに捕らえたのは、やっぱり感性の力だった。

「今、チラッと見て翔子さんみたいって思ったの。とってもすてきなショール」

「久しぶりねえ。何年たったの？」

「えーと、三十年以上」

と少し控えめに告げた。

「そうよねえ。元気してた？」

「はい」

「結婚とか」

「しました」

「ご主人は？」

「海外に出てます。子どもも北海道の学校へ行ってて」

「じゃあ、独り？　変わらないわねぇ、あなた」

「翔子さんこそ、すぐにわかりましたよ」

もちろん以前とは変わっている。声や話し方はほとんど変わらないけれど、容姿は異なる。当然のことだ。女性にとって三十数年は、ただの、歳月ではない。

しかし、その変化の度合いは標準をはるかに下まわっている。もともと美しい人だったが、スタイルのよさは、バストもウエストもヒップも、膨らんで、締まって、膨らんで、あい変わらずわるくない。茜はさりげなく相手の全身を窺って、ちょっぴり引け目を覚えた。いろいろと工夫をしているのだろうか、やっぱりみごとである。偉い。

ワンピースは、まあ、ブランド物の……上の中くらい。

――そう言えば、この人、一点豪華主義だった――

ワン・ポイントだけ鮮かに飾るのが巧みな人だった。ショールは本当にきれいな赤と緑とが織り合って、それに肌の白さが加わって、

――イタリアの国旗かしら――

旗の色を意識したわけではあるまいが、まさしくイタリアの洗練されたファッションが凝縮されているようだ。こんなに美しい老婦人はめったにいない。

「懐かしいわねぇ、ちょっとお茶でも飲まない」

「はい。ただ、そんなに時間がなくて……少しだけでしたら」

「私もそうなの。ほんの十分だけ。せっかく会ったんですもの。すぐ隣にティールームがあったでしょ」

なにごともテキパキと素速い人だった。

「よろしいんですか、お買い物は?」

「ええ。あとでワインの注文をするだけだから。戻るわ。あなたとのお話が先」

「すみません」

誘われて出入口のほうへ向かった。

「あなたこそ買い物があったんじゃないの？」

「もうすみました」

「そう」

不思議なほど違和感がない。きのう今日ではないにしろ二、三年ぶりに会ったくらいの感覚……。あいだに人生の半分くらいの年月があったようにはとても感じられない。

「みなさん、お変わりなく……」

と茜は言ってしまってから、

――みなさんてだれのことかわかるかしら――

と危ぶんだが、これもすぐさま、

「ええ。実子もキキも、ときどき会ってるわ。近々会うの。あなたもいらっしゃいよ」

「実子さん、ご結婚は？」

「うふふ。してないわよ。実子だけじゃなく、みんなしなかったけど」

「そうなんですか」

頷きながら、

れていた。

——実子さんの本名、なんだったかしら——

そう、確か、まり絵。それも本名かどうかわからないけれど、夜の酒場ではそう呼ばれていた。

菓子店の二階のティールームへ入って窓ぎわの席に坐った。

「懐かしいわねぇ」

「本当に」

思えば、あのころ茜は二十代のなかば。勧める人があって銀座のクラブに勤めた。美術科を卒業して画家になるのが夢だった。故郷からの仕送りもあったけれど、やっぱり自分でも稼がなければならない。画家なんて、むつかしい修業だとわかっていたけれど、もうしばらく自分なりの努力をしてみたかった。

そこで出会ったのが、十歳ほど年上の翔子さん、そして実子さん、キキさん、三人はとても親しい仲間で、劇団の女優さんたち。ほんの端役をこなす程度らしかったけれど、とにかく茜と同じように夢を持ち続けている人たちだった。

いったいに銀座あたりのホステスには劇団の女優のアルバイトというケースが多かったように思う。職業がら容姿は整っているし、外向的で、人あたりがわるくない。加えて演技ができる。ホステスに向かないことはなかった。いつのまにかホステスのほうが本業になったりして……。

翔子、実子、キキの三人は同じ養成所の出身で、あのころ翔子と実子は同じ劇団に所属していたのではなかったか。店では三人が仲のよいグループを作っていて、スリー・ネーブルズという愛称で呼ばれていた。三人とも同じくらいの背丈。そしてスタイルがよく、

「なんでスリー・ネーブルズなんですか」

尋ねると客席の常連が説明してくれた。

「胸を見ろよ。みんな大ぶりのネーブルみたいに丸くふくらんでいる」

「そうなんですか」

見ればすぐ気づく。本物を見た人がいるのかどうか、三人並ぶと六個のネーブルがドレスの下で張りつめ、よくくびれたウエストとあいまって、

――うらやましい――

女ならだれしもが恐れ入ってしまう。三人は性格の明るいところも共通していた。茜はこの明るいお姉さんたちのお眼鏡に適(かな)ったらしく、充分にかわいがられた、と思う。

二年ほど働いた。ずっとヘルプだった。

ヘルプというのはその名の通り補助役である。本業のホステスとちがって店内で客のかたわらに坐ってビールを注(つ)いだり水割りを作ったり、話し相手になってサービスをするだけ。自分の客を持つこともないし指名を受けるのも例外的だ。収入は日給計算で、

会社勤めに毛が生えたようなものだった。本業のホステスは、もっともっとシビアなサービスを求められる。

あとで考えてみると、茜は、

――運がよかった――

しみじみそう思う。

ビギナーズ・ラック、ほかの店の事情はよく知らないが、夜のホステス業は、どんなに華やかに見えても薄暗い側面を持っている。ドロドロとした人間模様が隠されている。それをほとんど実感することがなかったのは、ラッキー、それ以外のなにものでもあるまい。

あえて言えば、店のママが優れていた。辣腕だった。ホステスを二グループに分け、ヘルプには若くて、素人っぽい人を集めて次々に入れ換える。

「あっ、かわいい子がいるね」

「ええ。今度来た娘」

「いつもおんなし顔ぶれじゃ、あきるからなあ」

「よく言うわね」

店の雰囲気をつねに新しく、若々しく、上品に保っておく方針らしい。そのためには素人っぽいのが役立つ。そして核心の部分……男女のもう少し深いつきあいについては本業のホステスが担当するわけだ。

翔子たち三人は本業のほうである。茜をよくかばってくれた。三人は、ひとことで言えばよい人柄であったが、ホステス歴は十数年、それぞれに修羅場をくぐっていただろう。つらい体験もしていたにちがいない。それをあまり感じ取れなかったのは茜が眼を覆っていただけのことだったろう。

その一例……。実子と言うのは……なんと〝実存主義の実子ちゃん〟らしかった。文化人などもよく集まる店だったから、実存主義なんて、あのころはやりのむつかしい言葉が飛び交ったのだろう。彼女は結婚願望が強く、それもかなりレベルの高い相手を望んで身も心も捧げるので周囲からは、

「無理よ、絶対無理よ、結婚なんて」

と忠告される。それでも一縷の望みを捨てない。相手が妻帯者でも、

「いま、奥様がご病気らしいの」

やがて亡くなって後釜に収まることを考えている。そういう客に口説かれて……まあ、適当に遊ばれてしまう。

「馬鹿なのよ、あの娘」

気がよすぎて、少し問題があるのかもしれない、と茜も感じたことがないでもなかった。時おり泣いていた。捨てられて心が痛まないはずがない。

なんでそれが実存主義かと言うと……何度も同じことをくり返すものだから、

「結婚願望だって言うけど、ちがうんじゃないのか。むしろ〝結婚しない〟願望なんだよ、あの子は。絶対に無理と承知していながら、それに全力を注ぐんだ。実存主義の哲学みたいなもんだな」

と分析する人がいたらしい。

実存主義なんかママだってよく知らなかったと思うけれど、これで〝実存主義の実子ちゃん〟になってしまったらしい。久しぶりに翔子と会って茜が実子の結婚を尋ねたのは、この記憶がこびりついていたからだろう。噂の通りなら実子の人生はそう明るいものではあるまい。とはいえ、あのころの印象を言えば、疵ついてもなお疵あとの見えないような人柄だった。


ティールームでレモン・ティーの香りを楽しみながら、

「シュガーは？」

「いらない」

と翔子は頑なに首を振る。当然そうだろう。砂糖を味わっていてはこの体型は維持できない。

「あなた、画家のほうは？」

「駄目でした」

「でも絵はいいわね。いつまでも楽しめるし。女優なんか、なんの役にも立たないわ」

「立居振舞いがいつまでも美しいから」

「そんなことないわよ」

「カーテンコール、すてきだったわ」

　これもふいに思い出したことだ。翔子の声を聞くうちに遠い昔の出来事が、すっかり忘れていたことがみごとに甦ってくる。翔子はいつも「私、カーテンコールが好きなの」と言っていた。茜は誘われて二度ほど翔子の出演する芝居を見に行ったが、翔子は端役で、出番が少ない。正直なところ、ちょっと姿を見せたくらいではうまいも下手もわからなかった。ただカーテンコールのときだけは輝いていた。スタイルの良さが際立っていた。舞台衣裳(いしょう)とはべつに腰にあしらった布のベルトが……スカーフを巻いて垂らしただけなのだろうが、翔子のセンスを訴えて見る人の眼を奪った。

「そう。私、台詞(せりふ)はよく覚えるんだけど、いざとなるとあがっちゃって。女優には向いてなかったわねえ。二十年やってみて、しみじみわかったわ。カーテンコールになると、終わった、終わったって俄然(がぜん)調子がよくなるのよね」

　あっけらかんとして笑う。

「キキさんは？」

スリー・ネーブルズの、もう一人の消息を尋ねた。

「元気よ。私よりあとまで銀座に出てたけど……いっとき小さな店のママさんをまかされて少し苦労したみたい」

「本を読むのがお好きだったわね。詩集とか」

茜はこの人から借りたまま返してない本があって、ずーっと本棚の隅に置いてある。気がかりと言えば、少し気がかりだった。

「ああ、キキの愛読書ね。文庫本よりもっと小さな本。毎日ながめては喜んだり悲しんだり」

すぐにはわからない。

「なんですか」

「預金通帳。一番好きだったのは、それ。すごくエキサイティングよねえ、あれは」

「まあ、そうですけど」

翔子がさりげなく時計を見る。

「あ、もう……」

「そうね。あの、さっき言ったけど、今度三人で会うのよ。小田原のホテルの別館。特別室。貸しきりで、ご馳走が食べられるわ。温泉が部屋についてて、海を見ながらみんなで入るの。あなたも、ぜひいらっしゃいよ」

「でも……」

「ううん。気にすることないわよ。みんな喜ぶわ。若いころに帰りたくて集まるんだから、あなたが来てくれれば、どんどんあのころの雰囲気、盛りあがるわ」

「ええ……」

「絶対よ、絶対来て。小田原で降りてタクシーにホテルの名前を言えば、すぐわかるから。本当、どうしても、お願い、来て」

リップ・サービスではない。翔子は本当に望んでいるらしい。

「ええ……」

茜は、頷いてしまった。


対人関係には、単純ではあるけれど、厳然たる分類がある。すなわち〝この人、好き〟と〝この人、嫌い〟の二種類だ。好き嫌いのレベルに差があるにしても、この二つの区分は絶対的であり、とても大切な判断だ。たいていは知りあったとたんに決定し、その後あまり変更されることがない。

茜にとってスリー・ネーブルズは明らかに〝好き〟のほうだった。とりわけ翔子には世話にもなったし、どこか颯爽(さっそう)とした生き方が好ましかった。美しいし、ファッションのセンスがわるくない。色彩感覚が優れていて、ときどきハッとさせられた。久しぶり

にめぐりあって、やっぱり体型の崩れていないのを見て、

――克己心がすごい人だ――

限りなく自己愛に近い美意識かも……。いずれにせよ一生変わらない努力を思えば感動せずにはいられない。一番親しかったときを考えても深く身近に関わった人ではなかったが、好きかどうかと聞かれれば文句なしに「大好き」と答えうる人だ。人生の歯車の嚙(か)み合わせが、少しちがっていたら、もっともっと親しくなっていたかもしれない。

出会えたことがとてもうれしい。

ほかの二人は……実子については、

――とにかく善人――

お人好(ひとよ)しと言ってもよいだろう。こんな人が夜の酒場に実在していることが……これはあとになって気づいたことだが、

――りっぱ――

神様のすごいところなのかもしれない。ポジティブに考えて褒めたくなってしまう。

茜にもお人好しのところがないでもない。昔から人によくそう言われた。だから実子の人柄には贔屓目(ひいきめ)が射してしまう。

キキは三人の中では一番遠い仲だった。よくは知らないが〝わるくない〟と感じていた。人間関係ではこういう分類も少なくない。キキは他人に対して関心が薄く、干渉を

しなかった。ただ一つ、

「あの人、整形してる」

これが口ぐせ。それだけは気になるらしかった。そして、

「一カ所だけならいいの。二つも三つもやったら駄目」

それが持論だった。深いつきあいでもないのに茜はこの台詞を三度か四度聞かされている。理由も聞かされたが、それは忘れた。そしてなんの脈絡もなく、ある日、突然、

「これ、貸してあげる」

詩集を突きつけられた。布製の美しい本で、中原中也（なかはらちゅうや）の詩を集めたものだった。断るのもわるいような気がして、そのまま手にしてしまったが、返しそびれてしまい、引越しのたびに、あるいは部屋の模様替えのたびに手に取って困惑した。

詩は嫌いではない。この詩集もペラペラとめくって心に残るものがあった。今日、翔子に会って別れたあとにもその一つを思い出してしまう。

〝幾時代かがありまして……〟

確かサーカスの詩だった。だから中身は茜の今の心境とまるでちがっているだろうけれど、この冒頭の一行は、いかにも今にふさわしい。

――本当に〝幾時代かが〟あったんだなあ――

と考えずにはいられない。茜にも翔子にも実子にもキキにも……。それを飛び越えて

翔子に会ってしまった。いく時代かがあったのは疑いようもない事実だが、

——それがどうしたの——

たいしたことじゃないみたい。介在する年月の長さとはべつに……その間にあったいろいろな出来事、それが今の生活に落としている影響の重さとはべつに、

——人間て、そんなに変わらないものなんだわ——

という実感、二十代と五十代だって昨日と今日くらいの距り、それがひどく近しく思えて、そのこと自体がわけもなくうれしい。

でも、すぐさまそんな思いに影がさし、

——肉体は変わるわねえ——

すると、あらためて翔子のプロポーションが浮かんだ。ふたたび、

——偉い——

と頬笑んでしまう。

役者は舞台でりっぱに演技をしなければ意味がないのだろうけれど、カーテンコールが好き、というのも翔子らしくて、

——すてきね——

それもりっぱなパフォーマンスのように思った。

翔子は本気だった。

住所を伝えておいたので、二日ほどたって小田原のホテルへ招待する手紙が届いた。実子もキキも大喜びで待っている、と添えてある。宿泊が無理なら〝せめて夕食だけでも〞と書いてある。小田原から最終の電車で帰ることも可能だろう。

――行ってみようかしら――

ここまで誘われたら断れない。〝幾時代かがありまして〞逆にその距りと近しさを確認してみたい。キキに詩集を返したい。

――海の見える温泉もいいわね――

温泉に入って、おいしい夕食を食べ、少しはアルコールを入れて旧歓を温めるのも、まあ、わるくない。みんな〝この人、好き〞のグループなのだから……。〝四時ごろまいります〞と返信を送った。

――本当に気がねなく楽しめるかしら――

多少の屈託はあった。だから奇妙な夢を見てしまった。

田舎道を歩いている。伊豆(いず)半島のどこからしい。温泉を捜していたのに、古い校舎を見つけて入って行く。

教室の黒板にたくさんの数式が書いてある。どれもこれも37を引く計算だ。

「さ、みなさん、37を引いてくださいね」

みなさんと言われても教室には茜ひとりしかいない。計算はやさしいけれど、答えると、とんでもないことが起きそうだ。わるい予感がする。

——なんで37を引くの——

と訝ったが、これはすぐにわかった。翔子と会ったのが四十年ぶりくらいと思ったが、よくよく考え直せば三十七年ぶりのはず。

「さあ、早く引き算をしなさい」

答を出すと、そのまますっぱりと三十七年が消えてしまうらしい。

黒板の前に立っている先生は翔子のようだ。いつのまにか茜のうしろに生徒がいて、それは実子とキキらしい。

——そのぶんだけ若返るのかしら——

それならいいわ、と思ったが、うしろの一人が答えたとたん……答えた実子はたちまちしわだらけのお婆さんに変わってしまった。キキは、答える前までは若かったのに、答と同時に三十七歳ぶん老けてしまった。

茜も答えなくてはいけない。年を取るのは仕方ないけれど、三十七年の人生が消えてしまうのはつらい。楽しいことばかりじゃなかったけれど、今の年齢から三十七年がなくなって、娘時代からいきなりお婆さんでは……生きた甲斐がない。生きなかったに等しい。

懸命にかぶりを振って答えるのを拒否した。まわりからは、

「あなただけが例外ってわけにいかないわ」

やさしい人たちのはずなのに、みんな意地わるい眼で睨んでいる。

――どうしよう、もう駄目だわ――

と思ったところで目をさました。

少しのあいだだけ恐怖が残っていた。ゆっくりと安堵が戻ってきて、

――怖がることもないのか――

と笑いたくなってしまう。そりゃ紐を切ってつなげるみたいに、一番大切なところを切り取られて残りだけの人生、となると悲しいけれど、

――見えないだけのことでしょ――

つまり翔子たちと温泉宿で会って遊ぶとなると、茜はそれぞれの三十七年を知らないし、むこうも茜の三十七年が見えないだろうけれど、

――みなさんがちゃんと生きてきて、三十七年の現実が、現実の記憶が残っているわけよね――

当たり前のことだ。

その三十七年がなんであろうと、話しあってみたところで、ほとんどなにもわかりはしないだろう。結婚したとか、しなかったとか、どんな仕事をしたかとか、すてきな恋、

つらい恋……。

――楽しい旅なんかもあったのかな――

略歴のような事実はわかっても心の蠢(うごめ)きまでは知りようもない。

――三十七年か――

人間関係の空白としてはあまりにも長い。そんな人たちと会って、話して、

――楽しいかしら――

あの三人なら、ほんの少し昔の気配を取り戻すことができるかもしれない。さほどの期待は持てないが、もう約束をしてしまったことだ。

――粋狂ね――

あれこれ思ううちにまた眠った。

約束の日、美容院へ行き、モスグリーンのワンピースにコーラル・レッドのベルト、靴も同じ色。

――私のほうが若いんだから――

それなりのおしゃれをして家を出たい。キキから借りた詩集も忘れずに。

四時くらいに到着する予定だったが、列車の事故があって三十分以上も遅れてしまった。少なくとも翔子は時間に几帳面(きちょうめん)な人だった。首を長くして待っているにちがいない。

小田原で降りてタクシー乗り場へ急ぎ、ホテルの名を告げたが、新米の運転手らしく、要領をえない。年輩の運転手に代わってもらうと、すぐにわかった。

二十分ほど走った。

「はい、ここです」

「どうもありがとう」

和風の宿。走り出て来た女性に翔子の姓を告げると、

「あ、はい、見えておられますよ」

それから母屋の奥に向かって、

「信子(のぶこ)さーん」

と係の人らしい女性を呼んだ。信子さんは茜のボストンバッグを取って、

「母屋じゃなく……どうぞこちらへ」

と先に立つ。

「よろしく」

「お待ちかねですよ。ほかのおふたかたもとうに見えて」

「少し遅れちゃったから」

手入れの行き届いた庭の細道を歩いた。敷地は充分に広い。その一番奥に、

「あちらです」

一戸建てと言ってよいほどの別棟があった。木々のあいだから海が見え、湯の香を縫って潮の匂いが飛んでくるみたい……。

「どうぞ」

信子さんは格子戸を開け、中を覗いてから、

「みなさま、お湯に入ってらして、お客様がお出でになったら、そちらへいらっしゃるようにって」

と促す。

「はい？」

「とても広いお風呂なんです、海も見えますし。最高ですよ。中でお酒を召しあがってるかも」

「あ、そうなんですか」

待ちかねて三人でお風呂に入って、もう宴会が始まっているのかしら。

「あとで新しいお茶お持ちします」

「ええ、どうも」

「お風呂は、むこうでございます」

「はい」

畳の部屋を抜けて廊下へ進んだ。

「ここ?」

と目顔で尋ねると、

「はい」

と、出入口で信子さんが中腰のまま頷く。

――いいのかしら――

茜は戸惑ったが、

「どうぞ。中へご案内するようにって」

それが翔子の言いつけだったらしい。あとから来る客を、ぜひともすてきな湯殿に導くようにと……。

――じゃあ――

と決心し、

「こんにちは。失礼します」

引き戸を開けると、衣服を脱ぐ広いスペースと化粧台、床には三つの籠。色合いの異なる浴衣がまるく畳んで入れてある。柱の花入れには桔梗(ききょう)の紫が美しい。

「こんにちは。茜です」

ガラス戸を隔てて声をかけた。

「どうぞォ。待ってたわ」

「いらっしゃいよ、早くぅ」

翔子と実子だろう。

「よろしいんですか」

「あんたも、早く」

しかし、とりあえず着衣のまま挨拶をしよう。

「失礼します」

ドアを開けた。

広い湯殿。大きく掘られた湯船、その向こうに広がる海……。

それを見るより先に湯の中の三人が立ち上がった。

茜は首を垂れながら……目を上げて見た。

三人は……明らかに髪も、顔も、肩のあたりの肉づきも、みんな老婦人のものだった。

——でも一点豪華主義……かしら——

おそらく若いときからの整形美容なのだろう。胸のネーブルだけが、たわわに、まるく実って揺れていた。六つのネーブル、すべてが見えたわけではない。翔子をまん中にして両側の二人は片腕で胸を覆ったが、それでもなおまるみがこぼれて見えた。翔子だけはちょっと腕を開くようにして、ポーズを作った。

——カーテンコール——

まことに、まことに、この世のものとは思えない、目の眩むような艶冶な風景が湯煙の中に蠢いていた。

P.291「サーカス」（中原中也『山羊の歌』所収）より

解説

原田マハ

とかく短編小説は難しい。

読むのが、というのではない。書くのが、である。物書きの端くれとして言わせていただくのだが、小説というのは、長編を書くより短編を書く方がよほど技巧を必要とされる。

だからいま、本書を読み終えようとしているあなたが、「いやあ、面白かったな」と何気なくつぶやいて、深い満足のうちにページを閉じようとしているのがわかる。わかるけれども、知ってほしい。本書の著者、阿刀田高がどれほどの研ぎ澄まされた文学的見識とセンスの持ち主であるか。ときどきゾクリとさせるブラック・ユーモアを、いかにさりげなく短い文中にちりばめているか。そう、読者に気づかれないほどさりげなく。だから、読了後、えも言われぬ不思議な感じが心に残るはずだ。私などは、キツネにつままれたような気分を味わったほどだ。

そう、阿刀田作品の短編は、すべてがさりげなく、とんとんと話が進む。なんだ、なんだといぶかりつつ入っていって、途中で小説を読んでいることを忘れてしまう。つまり、違和感を覚えながらもすっぽりと物語の世界の中に入り込んでしまう。気がつくと、あっという間に出口にたどり着いている。はい、これでおしまい。背中をぽんと軽く押されて、現実世界に戻っていく。そんな感じなのである。繰り返しになるが、物書きの端くれとして言わせていただけば、こういうふうにはなかなか書けないものなのである。

　著者は短編小説の名手と言われている。日本の現代文学史に名を刻む短編の名手といえば、すぐに思い浮かぶのが芥川龍之介、川端康成。もっと近いところでは吉行淳之介が挙げられるだろう。川端が得意とした「掌の小説」、短編よりもっと短い掌編小説の書き手では、いわゆるショート・ショートの傑人・星新一がいる。阿刀田高は、これらの名手に列せられる優れた書き手である。彼らに共通して言えるのは、限られた枚数、文字数の中で、どこまで読者を引き込めるか、言い換えれば、どれほど遠くまで読者を連れ去ることができるか、とてつもない「連れ去り力」がある、ということではないだろうか。

　本書には十一の短編が並んでいる。そのどれもが、入り口に佇んだ読者に、さあおいで、一緒に行きましょう……と手を差し伸べる。読者は最初、戸惑うが、ゆっくり、ゆっくりと入っていく。しばらくすると、すっかり小説世界に足を踏み入れ、呼吸を始める。そこは居心地がよく、気分がよく、愉しくもある。しかし、少しずつ違和感を覚えたり、不穏な気持ちが立ち上ってきたり、ざわざわ、胸の中に風が吹き始め、どうなるんだ、どうなるんだ、どうなるんだとはらはらして……もうすっかり作者の術中にはめられる、というわけだ。

本書に収録されている『掌の哲学』を振り返ってみよう。

「信仰がなければ罪もない。」との一文で本作は幕開ける。唐突に提示される宗教観は、作者から読者への訓諭のようにも読まれ、それでいて実は主人公である大学教員「私」の胸中で語られるモノローグなのである。冒頭の数行で日本のキリスト教伝播(でんぱ)の歴史を繙(ひもと)き、二ページ目では、日本で居場所をみつけられなかったヨーロッパの悪魔たちが「つまらん、この国は」と、アリタリア航空やエールフランスやルフトハンザの飛行機に乗って「故郷へ帰って行ったにちがいない」と述べる。

びっくりである。いったいなんなんだ、この展開は？

この驚くべきオープニングから、実にすんなりと謎の大学生、Kの登場へとつながっていく。そしてまた唐突に、しかしさりげなく、この大学生が「昭和四十一年秋のこと、東京都千代田区、皇居に近い路地の一郭」で悪魔を目撃したのだと独白する。しかも「私」は「ローマ法王庁に報告すべきかどうか」迷い続けているらしい。だから「ここにあえて報告する所以(ゆえん)である」と。

えっ、なんだって、悪魔に？　そんなはずないでしょ、と言いたいところだが、そう感じた時点で読者はすでに作者の術中にはまっている。いったい何がどうなって、故郷の国へ帰ったはずの悪魔が、千代田区の皇居近くで目撃されたのだろうか。教えて教えて！　と急かしたい気分になっている。

が、いくら急かされても、作者は少ない枚数の中で読者をより遠くまで連れていく仕掛けを怠ってはいない。Kがいかにして悪魔と遭遇したか、それどころか取引をしたかについて「私」が話して聞かせるまえに、これまたごくごくさりげなく、見知らぬ外国人の老紳士を登場させる。この男がいったい何者か、読了した読者はすでにお気づきだろう。フランスの新聞、フィガロ紙を読んでいることから、フランス帰りの「私」は彼がフランス人であろうと察し、「ボンジュール、ムッシュー」と声をかける。学者然とした風貌の彼からは、「オー、ボンジュール」とパリジャンの発音で挨拶が返ってきた——と「私」は読者にちゃんと伝えておく。それでいてすぐに、

「が、この紳士のことは措くとして、まずは大学生のほう、悪魔のこと……。」

と、ムッシューのほうへ向かいそうになる読者の気持ちをさっと引き戻す。読者は、「ああ、そうか。悪魔ね。それで、どうしたの？」とたちまち先を急ぎたくなる。

冒頭からわずか二ページほどで読者は中世の日本から皇居付近のホテルロビーまでうろうろ連れ回されるわけだが、そのすべてがさりげなくスムーズなので、知らず知らずのうちに本編を読み進めるために必要な知識と伏線をしっかりと与えられるというわけ

である。

　では、Kが悪魔とかわした「取引」を、なぜ「私」が知るところとなり、またローマ法王庁に報告すべきかとまで思い悩むことになったのか。その鍵を握っているのは、実はKでも悪魔でもなく……。本編のラストにすべての読者が瞠目したはずである。私は思わず膝を叩いた。そうか、それで昭和四十一年という、奇妙に中途半端な、それでいて具体的な年が最初に提示されたのか！

　本編のみならず、ほかの十編でも、読者は作品世界へと巧みに連れ去られる。男と女、出会いと別れ、成功と失敗——日常で起こりうる多様な出来事を通して、登場人物の中に現れては消える感情のさざなみ——ときめき、苛立ち、あきらめ、達観を私たちはともに味わう。

　それはまるで、人生というテーブルの上に繰り広げられる人間模様のフルコースを味わっているかのようだ。どれもが小粋なオードブルのようであり、それでいてすべてが究極のメイン・ディッシュのようであり、舌をほっと和ませるデザートのようでもある。そしてほろ苦い一杯のブラック・コーヒーで締めくくられるのだ。

　本書のタイトル『おいしい命』のもつ意味深さに、本稿を書いてみて、ようやく気づかされた次第である。

　さても見事なスペシャル・コースを私たちのために用意してくれた、稀代のシェフ・

阿刀田高。あらん限りの敬意を込めて、大いなる拍手を送ろうではないか。

（はらだ・まは　作家）

本書は、集英社文庫のために編まれたオリジナル文庫です。

〔出典〕

『赤道奇談』　「黒い自画像」角川文庫二〇〇六年八月刊所収
『大きな夢』　「佐保姫伝説」文春文庫二〇一二年四月刊所収
『掌の哲学』　「脳みその研究」文春文庫二〇〇七年五月刊所収
『選抜テスト』　「花あらし」新潮文庫二〇〇三年六月刊所収
『母は愛す』　「メトロポリタン」文春文庫二〇〇二年三月刊所収
『兄弟姉妹』　「脳みその研究」文春文庫二〇〇七年五月刊所収
『輝く声』　「こころ残り」角川文庫二〇〇八年三月刊所収
『独りぼっち』　「おとこ坂おんな坂」新潮文庫二〇〇九年十一月刊所収
『鰐皮とサングラス』　「花あらし」新潮文庫二〇〇三年六月刊所収
『年の瀬』　「鈍色の歳時記」文春文庫二〇〇二年十二月刊所収
『カーテンコール』　「佐保姫伝説」文春文庫二〇一二年四月刊所収

本文図版　テラエンジン

中扉デザイン　清水栞

阿刀田高の本

影まつり

生きる事の哀歓、奇妙な出来事、不可思議な恐怖……。現代日本に生きる男女の人生と日常の断面を鮮やかに切り取る12の物語。人生の深奥と極上の小説の面白さに充ちた名作集。

集英社文庫

阿刀田高の本

私が作家になった理由（わけ）

早稲田大学文学部から国会図書館勤務、文学賞を受賞して作家になる。小説家になる典型コースを歩んだが、実は志したことはなかったのだ。瑞々しい文章で綴った自伝的エッセイ集！

集英社文庫

阿刀田高の本

赤い追憶

阿刀田高傑作短編集

毎年冬にひと夜だけ外泊する妻に疑念を抱く夫……「女系家族」など。人間の裏に隠された不可思議で妖しい謎の数々。短編の名手が描く傑作ミステリー、全11編を収録。

集英社文庫

おいしい命（いのち） 阿刀田高傑作短編集（あとうだたかしけっさくたんぺんしゅう）

2022年2月25日 第1刷 定価はカバーに表示してあります。

著 者 阿刀田（あとうだ） 高（たかし）

発行者 徳永 真

発行所 株式会社 集英社
東京都千代田区一ツ橋2-5-10 〒101-8050
電話 【編集部】03-3230-6095
【読者係】03-3230-6080
【販売部】03-3230-6393（書店専用）

印 刷 大日本印刷株式会社

製 本 ナショナル製本協同組合

フォーマットデザイン アリヤマデザインストア マークデザイン 居山浩二

ISBN978-4-08-744350-9 C0193